ふらけ

hunao yoshimi

舟生芳美

編集工房ノア

「ふらけ」　目次

装幀画　戎谷真木子

声

1

そのことがあってから十日経った。

つまり、今日は、村田先生にキスされそうになってから、二度目の日曜日だった。

文子は朝寝坊しないで早く起きた。日曜日は母の手伝いをしなくてよい日だ。

時間はたっぷりある。宿題を済ませてもまだ余る。もちろん今日も手紙を読むつもりだ。

あのとき、文子は半オクターブ高いギャァーという声を立ててしまった。もう一度、あの声を、そっくりに立ててごらんといわれても困る。旋律のない金属のかたまりみたいな調子はずれの、あんな声は二度と出せないように思えるからだ。

行き場を失った声は、まだ空を、文子の頭の上辺りを迷っているのだろうか。たやすく彼女の耳の中に戻ってくる。

本当に聞こえてくる声なら、耳を手で押さえれば消えてしまうのだが、その音は嘘の声、心で聞く声なので、耳を手で押さえたくらいでは消えてくれない。

声が聞こえてくると、まるで条件反射のように、文子の喉は渇いてからからになった。お水が飲みたくなる。

頭の上や、耳の中から、あの声を追っ払ってしまうには、手紙を読むしか方法がない。父からの手紙を読むことが最良の方法だと文子は思っていた。

実際、手紙を読んでいると、不思議にあのときの声が消えていく。消えていくような気がしてくる。

朝ご飯が済むと、妹の澄子と順子は、叔母に買ってもらったダッコちゃんを抱えて三世と呼ばれる赤ちゃんのいる家に遊びに行ってしまった。部屋の中には母と文子だけが残った。

赤ちゃんは文子たちの住むアパートの二階、ちょうど文子たち一家の部屋の真上に住んでいた。越してきてかれこれ二カ月になるだろうか。

赤ちゃんのお父さんもお母さんも沖縄出身だと聞いている。

両親は大きい黒い眼なのに、赤ちゃんだけ青い眼をしている。近所の人は、あまりにブルーの眼がきれいなので、きっと爺さんか婆さんが混血で、青い眼になったのだろう、三世だろうと噂している。

さっきから、母はせかせかと働いている。茶碗を洗い終えると、掃きそうじ、つぎには雑巾がけと――。

日曜ごとの、母のそうじの仕方は、どことなく宗教的だ。片づけが捗ってくると、顔は赤らんでくるし、眼は少し吊り上がってくる。真剣というより、憑き物にでも憑かれたような顔になる。部屋の隅や、箪笥と箪笥の隙間に行き当たると、ほじくるみたいに馬鹿丁寧になった。まるで汚れを寄せつけないための修行のようだ。それでなのか、どうか、小さな部屋の隅も、全体も、それから家具までもが、みんな母にかしずいているように見えてくる。

母の修行中、狭い部屋なので、文子もかしずくしか方法がない。仕事を邪魔しないように、気配りする。母の視界に入らないように母の尻を追って、部屋の中をせかせかと移動する。時間はたっぷりあるはずなのに、そんなわけで、落ち着いて手紙を読む状態にはなれない。

やっと母が部屋から出ていった。汚れ物を抱え洗濯場へ行ってくれた。

独りになれた文子は、母の手で清められ、空気まできれいになった二つの部屋に眼をぐるりと一巡りさせた。

引き出しの奥から手紙を取り出すと、それを炬燵板の上に載せた。戸がきっちり閉まっているかどうかを確かめるために、もう一度玄関の方を見た。それから、炬燵に膝を入れた。おもむろに手紙を拡げた。手紙は、かさこそ、かさこそ、とゴキブリの足音のような音を立てた。

この手紙は、父が鳥取にいるとき、大阪に住みはじめたばかりの文子たち母娘に送ってきたものの中の一つだった。

なんの変哲もない父の日常を記しただけの内容だったが、この手紙には文子の一番きらいなことば、父が自分を指して呼ぶときの小生ということばが一つも書いていなかった。

半年前、つまりこの手紙が送られてきたとき、母娘四人は、何度も何度も回し読みしたものだった。

「お母ちゃん、なんでこの手紙には、小生と書いてないのやろ」

不審に思って文子が聞くと、

「酔っぱらっているからやろ」

母は少し楽しげに答えていた。

「あんたらのお父ちゃんはなあ、兵隊さんになって貴様とか小生ということばを覚えたんやに」

母は事もなげに云うが、小生という字を見ていると、文子は心がさぶくなってくる。父と一緒に暮らせる未来が完全に断ち切られて、一緒に住むという夢想への羽が一つ残らず抜け落ちてしまうように思えてくる。だから、小生を使っていないこの手紙が文子は一番好きだった。


今日は久し振りで七時に店（レストラン）を出た好きなパチンコで二百円負けたしかたがない毎日行く店なら負けないが月に一度や二度行く店で勝つとは思わない二百円負けて負けるが勝ちパチンコ屋出る映画に行く一度見た物ですぐ出るすしを食

べに行く一寸と一パイのむ家に帰って少し酔って居るが皆んなに手紙を書く酔うと
皆んなが本当に本当に恋しいと思うはなればなれに暮らすもこれは互いの今までの
力がかけて居た為と今さらながら思う
鳥取の店も当分辞められそうもない早く大阪に帰りたいとは思うが思うように行か
ないのが世の常だ
今日は五日だ早くお金を送りたいのはやまやま悪く思う一一〇〇送る足りないだろ
うががまんして行ってくれ今日は送れなかったが明日は早く起きて電報ガワセにて
送る文子をそろばんにやってくれ頼む酔って居るから今日はこれでねる事にする順
子すみ子かしこくせ

ねる　しげお

これは、文子と同じ六年生の近所の子どもたちがそろそろ算盤学校へ行きはじめて
いるというのに、お金がないため、まだ文子に行かすことができないと訴える母への、
父からの返信だった。母への手紙と分かりながら、文子は自分の分として、机の引き
出しの奥に隠してあった。

十日前、つまり、そのことがあって以来、文子はこれを取り出し読んでいる。一日三回多い日は五回も読んだ。読点も句読点もついていないので、これを読んでいると、文子の頭と心は何度も行きつ戻りつさせられる。ぐらりぐらりと揺れてしまうのだった。

文子たちと暮らしていないが、父は今、大阪のどこかで暮らしているようだ。どこかで、おできと暮らしている。

おできとは父のカノジョのことだ。継母になろうともしないで、こそこそと、父にくっついている女のことを文子はおできと呼ぶ。

伊勢を出奔する原因となった最初のおできと父はすでに別れていたが、二人目のおできを鳥取から連れてきていた。叔母が母に話しているのを聞いたので、うすうすだが文子は知っていた。もちろん、鳥取のおできを見たことはない。最初のおできと父の間には女の子が生まれたそうだ。その子は里子に出されたと母に聞かされていた。

たぶん一生会うことはないと思うけれど、どこか遠くでもう一人妹が生きていると思うと、幸福の反対を文子は考えてしまう。考えてしまうくせに、今度のおできと父の間にもまた女の子が生まれたらいいのにっとも、つい思ってしまうのだった。

そんなふうに理不尽この上ない父ではあったが、手紙を読み終えるころになると、文子の胸の中は熱くなった。泪ぐんだみたいにちょっと濡れた。そして、いつも同じことを考えるのだった。

母はいつも云っている。「お父ちゃんは、ひとつも親らしいことはできんけど、子煩悩では、どこのだれにも負けへんに」と。

もし、もしも、あのこと、キスされそうになったことを父にしゃべればどうなるだろう。父はきっと村田先生の家に怒鳴りこんでいくだろうと。眼の裏には村田先生に向かって、眼を吊り上げて怒鳴っている父の顔までくっきりと浮かんでくるのだった。

もし、父に成り代わり、自分たちを学校へやり、経済を支えるために働いている母に、あのことをしゃべればどうだろう。

母は慣れない仕事で疲れている。心に余裕がないほど疲れている。

あのことは心の問題だから、心に余裕のない母には分かってもらえないと思う。きっと、お前にすきがあるからだと、一言で片づけられてしまうにちがいない。なぜなら母はいつも云っている。

「他人にすきを見せてはいけない」「特に女は他人にすきを見せるものじゃない」と。

算数の宿題のことも気にかかったが、宿題は後まわしにして、文子はもう一度手紙を読みはじめた。

読み終えて宿題にかかろうと、筆箱を出しかけていると、澄子と順子が帰ってきた。二人に炬燵の上の手紙、秘密を見られたくないので、文子は慌てて手紙を引き出しに隠した。

母も部屋に戻ってきた。昼ご飯の用意をはじめている。

宿題をしようと鉛筆を握るのだが、何だか気持ちが統一できない。

2

食事が済むと、澄子と順子は、またアパートの二階へ遊びに行ってしまった。三世の赤ちゃんを人形代わりにしている。

ご飯になると帰ってきて、ご飯が済むと、どろんと部屋から消えてしまう。二人はまるで猫のようだ。

妹たちと入れ違いに、玄関に叔母が立っていた。

「上がらしてや」

文子は玄関すぐの部屋で炬燵に入っていた。戸口を見つめながら、算数の宿題をしようか、それとも、もう一度手紙を読もうかと迷っているところだった。

炬燵板の上には、教科書と、筆箱と、おやつのいかり豆と、それから帳面に挟んだ手紙が置いてあった。

今日は朝から変だ。

あのときの声、ギャアーが耳に聞こえてこないのだ。手紙を二回も読んで強くなったからだろうか。それとも、母がずっと家にいるからだろうか。

母は背を丸めて、六畳間の隅に据えつけられた小さな流しに向かっていた。食器と食器がぶつかる音や、水道水の音が部屋中に響いている。その響きを消すためにか、母は途切れ途切れに、耳で覚えたはやり歌を鼻にのせていた。

叔母は父の妹だが、母より大分年上である。幾つ違いか、はっきり知らないが、母は叔母のことをお義姉さんと呼んでいる。

叔母は歩いて十分の近くに住んでいるが、自分の方から足を運んで文子たちのところへ来ることはなかった。今日がはじめてだった。

どちらかというと、気位が高くて、頼られることの方が好きな人だ。だからか、何かあると、いつも文子たち母娘の方が頼って叔母の家に行く慣わしになっている。

今、文子の着ている白いヨークのついた黒のセーターは、叔母のお下がりだ。水洗いして子どもサイズに縮んでしまったため、文子が貰った。身ごろは縮んだのに、袖だけは伸びてしまったらしく、長すぎるので、折って着ている。順子と澄子の人形の洋服も、それから、弁当袋も叔母が作ったものだ。隣のクラスに、同じ六年生のいとこ、叔母の息子がいるので、文子はきて貰えないが、妹たちの授業参観にきてくれるのも叔母だった。

その叔母が玄関に立っている。

一体何の用事だろう。

父のことを何か云いにきたのだろうか。文子は少し緊張して、「こんにちは」ということばを口に含んだ。

文子はあいさつが苦手だ。

特に叔母に対しては全く駄目で、今も喉元まで出てきたはずの「こんにちは」は、途中で消えて、どこかへ行ってしまった。

こくん、と頭を下げてしまった文子は、声できちんとあいさつのできない自分が恥ずかしくて、苛立たしくて、その両方を隠すために叔母を上眼に睨んだ。しかしあまり長く睨んでいるわけにもいかなくて、逃げるように俯いた。慌てて、教科書のページを繰る振りをした。

「いつまでも寒いなぁ。文ちゃん勉強か」

炬燵の上も、文子の表情も全く無視して叔母は六畳間の方へ歩いていった。

「お義姉さん、何か用事ですか」

濡れた手を前掛けで拭きふき母が聞くと、

「用事というほどのこともないんやけど、そこまで来たんで寄ったんや」

大阪弁特有のまったりした物云いで、答え、叔母は火鉢のそばに座りかけた。ここへ来るのははじめてなのに、まるで近くに来る度に寄っているような云い方をする。

大人の会話が、案外その場限りの嘘だらけ、正確でないことは、このごろ、よく耳にするので、別段不思議とは思わなかったが、叔母のはじめての来訪に、文子の中は何やら納得できなくて、もやもやしたもので一杯になった。

しかし、他所の家の人が自分の家にきてくれるのは嬉しい。あいさつの不出来も、叔母のあいまいな物云いもすぐに忘れて、文子のお尻はもぞもぞとくすぐったくなってきた。

二月の下旬でまだ寒い。炬燵は文子が占領しているので、母たちは火鉢を囲んだ。叔母は着てきたボックスを、母は澄子の赤い綿入れを膝に当てている。

向かい合う姿勢が整うと、母は火鉢の上の大きな薬缶から番茶を湯呑みに注いで叔母に手渡した。

一口二口音を立てて呑んだ叔母は、湯呑みを両手に包んだまま、近所に住む歯科技工士を夫にもつ横田さんの話をはじめた。

いつものことだ。

横田さんのおばさんは、叔母の住む長屋で一番派手な顔をしていた。「宝塚出」という仇名までついていた。身体は普通の女の人よりふたまわりほど大きく目立った。タイプが全く違うので比べようがないが、歳は母より若いのだろうか。よく分からない。

身体が大きい分だけ幸せも贅沢も大きく見えるのか。叔母は母を相手にすると、必ずといっていいほど、羨望とさげすみを綯い交ぜて横田さんのことをこき下ろすのだった。

叔母から小金を借金しているのに、テレビを買ったのも、電気洗濯機を買ったのも、電気冷蔵庫を買ったのも横田さん一家が最初らしい。その三つのうち文子の家にあるのはテレビだけだ。

今日もやっぱり、いつものその話か。

父のことでも、それ以外のことでもないようだ。

「自分の女房の口の中だけは見とうないものらしいなぁ、歯が悪うなったら他所の医者に行けって云わはるんやって」

ふふっと吐いた薄笑いを、ふふっと身体の内に仕舞いこむようにして、叔母は話し続けている。どうやら、横田さんのおじさんは、腕のよい技師で、歯科医院では医者のように振る舞っているらしい。

文子は、そんな叔母の息づかい、ふふっがちょっと耳障りになってきた。

いかり豆を摘んだ。

音を立てて嚙んでいると、

「なあ、美っちゃん」

叔母は改まって母の名を呼んだ。

「実は昨日、村田先生がうちへ来はってなっ」と話しはじめた。

村田先生の名前を耳にして、文子はびくりとした。

まさか、先生が叔母の家に行くなんて—。

びくりと同時に文子は眼を閉じた。

眼を閉じて耳を手で押さえた。また、あのときの声、ギャアーが耳に聞こえてきそうに思えたからだが、聞こえてこなくて、代わりに胸の激しい鼓動が腕を、首を、指を這って耳の中に伝ってきた。どっき、どっきと血の音を立てている。叔母や母の耳に届くのではないかと心配になるほど激しく大きな音だった。

村田先生は何を云いにきたのだろう。

あのことを叔母にしゃべったのだろうか。それにしては、文子に対する叔母の態度は普通に無関心。いつも通りだった。

文子は耳に伝ってくる血の音を静めることもかなわぬまま、教科書のページを繰った。

「村田先生いうても、参観に行ったことないさかい、美っちゃん、あんたは知らんやろけど、確か小学校で図工の先生をしてはる人やねん。その村田はんがな、あんたとこの澄ちゃんを子どもにくれへんかって、えろうに改まって云うてきはってな。本人にも本人のお母ちゃんともように相談してから答えさして貰いますって、一応引き取ってもろたんやけど。歳は四十五くらいやろか」

「……」

どうやら、あのことをしゃべりにきたのではないらしい。

話を盗み聞いていているうちに、胸の激しい鼓動は止んでいったが、澄子を子どもに欲しいなど、あまりに突拍子な事柄なので、文子の頭は混乱した。

「なんで澄子を子どもに欲しいのやろ」

しかし、こんな話題が持ち上がってきた原因は分かっていた。

村田先生にキスされそうになったからなのだ。

キスされそうになったことを秘密にしているからなのだ。

でもなぜあたしでなく、澄子なのだろう。あたしより澄子は可愛い。勉強はできないけれどきれいだ。色も白いし、口も小さい。だからだろうか。でも危ない。とても危ない。村田先生は怖い。

あのときのことを、今からしゃべっても遅くはないと思うけれども、今はそんな状態ではなかった。

まるで、仕事の斡旋でもするふうな、激しい口吻の叔母と、それを他人事《ひとごと》のように聞いている母との間に小学六年生の文子が割って入れる状態ではなかった。

あのことをしゃべったら、大人の話に聞き耳を立てていたことがばれてしまう。

「それに、キスされそうになったことなんて、キスということばさえ、大人を相手に云われえへん」

あかん、あかん、あんな先生とこの子どもになったらあかん、と文子は口の中で繰り返し続けた。

あんまり真剣に繰り返したせいか、喉がからからに渇いてしまった。叔母の背後をまわって水を呑みにいった。

呑みながら文子は二人を見下ろした。二人は文子がさっきから耳を研ぎ澄ませていることに全く気づいていないようだ。

「村田はんとこ、子なしなんやて。子どもの好きな人に悪い人はおらん。わては悪い話やと思わへんけど。一人口減らししたら、ちょっとは生活も楽になるで。それに子どもにやったからって、それでぷつりと血の繋がりが切れるわけやなし」

叔母は母を掻き口説き続けている。

ちらっと、もう一度二人の顔を見た。母は叔母の顔から眼を逸らさず、じっと見つめて笑っている。叔母は唇の端に米粒大の唾をためていた。


大阪に来て、はじめての棲み家は、叔母の家の屋根裏部屋だった。次はここ。アパートの一部屋。昼でも電灯のいる陽のささないアパートの一室。ここは臭い。腐ったタマネギの臭いがする。流しの下に置いてあるロボットみたいな形のプロパンガスのタンクから少しずつ洩れる臭気が柱や土壁に染みついているからだ。

学校から帰ったとき、特にここは、ここだぞと臭いで主張してくるから困る。

それにここは、大きな声で話ができない。薄い土壁一枚で仕切られているので両隣に声が筒抜けになるからだ。

文子たちが大声を立てると、母は人差し指を唇にあてがい、「しぃー」「しぃー」とたしなめる。そのくせ、文子たち姉妹を叱るときの自分の声の甲高さには気づいていない。

たまにだが、土壁一枚の仕切りをすっかり忘れて、母の声が度を超すほど大きくなり、やがて泣き声に変わる日がある。

それはささいなことからはじまる。

例えば、説教好きな母が、文子たち三人を並ばせて、きょうだい喧嘩について話しているときなどに起こる。

「あんたら、三人は三人とも、お父ちゃんが居らんから、素直にならんと、お母ちゃんに口答えするんやろ」

こんなふうにして、離れて暮らす父のことが不意に母の口をついて出てしまう。すると、やがて話題は父のことに移行してしまう。

鳥取から大阪に帰ってきた父は、母を無視してカノジョと暮らしているらしい。気位の高い母は前のカノジョのことは、終わったことなので子どもたちに笑いながら話すが、新しいカノジョについては話さない。

話せないから娘たちを前に泣き出すのだろうか。あまりに泣き声が大きいので文子は隣近所に恥ずかしい。

しかし、文子は屋根裏部屋よりずっとここがいいと思っている。屋根裏部屋だと、叔母の夫、つまり血の繋がりのない叔父に母が誘惑されそうになるのを見張らなければならないからだ。尻に敷くというのではないが、なんとなく叔母に鼻であしらわれている叔父は真面目な人だ。雨の日には必ず雨靴を履いてレインコートを着る。結核菌が足に来たらしく、片足を引きずっている。

一度、あそこ、屋根裏部屋で、叔父が母を誘うのを見た。

梯子段を上り切ったときだった。

叔父は母に肩を揉ませながら、もちもちした声で何やら云っていた。母は、運命的な青空色の声を立ててぎこちなく断っていた。

二人の声は、映画に出てくる俳優のしゃべる台詞より、もっと本物で、人間くさくて、文子は鳥肌がたった。当事者でもない自分が哀れに思えた。

あのとき、叔母は一階の座敷で昼寝をしていた。

それからしばらくして、ここに越してきた。

そのころからだろうか。

母の笑い方が少し変わった。

未来に夢の欠けらもない者がよくする、自分をより一層弱く、凋ませてしまうへらへら笑いをしなくなった。間借りではなく、母娘で気がねなく暮らせる城を持てるようになった自信が、母の笑い方を少し変えたのかもしれない。その笑いには、ちょっとした威厳のようなものさえ備わるようになった。

しかし、今、叔母を見つめて笑ってばかりいる母が、澄子を子にやることについて、どう考えているのだか、文子には分からなかった。

「ちょっと見たとこ、風采の上がらん人やけど、案外あんな人が真面目かもしれへんで、なあ、美っちゃん」

まだ叔母は搔き口説き続けている。

もし、母が、饅頭でもくれてやるように澄子を養女に出すと云ったならどうしよう。阻止するためには、あのことを話さなければいけないだろうか。

文子は叔母よりも、いや、学校の誰よりも村田先生のことをよく知っていた。土埃を思いっきり立てて運動場の隅を竹箒で掃いていると、先の方で軽く掃くようにと先生が教えてくれたのは転校してきて間もないころだった。先生は、正式な教師の資格を持たないため、学校では代用教員と呼ばれていた。教壇に立つことのない唯の絵の先生だ。いつものっそのっそと、先生でも用務員のおじさんでもない宙ぶらりんの卑屈を引っ提げて廊下を、運動場を歩いていた。

背は中ぐらいで、どちらかというと太り気味だった。目立たない人で、薄暗い学校の廊下を歩いているときなどは、ほとんど柱や壁の色に同化していた。眼は顔の中央に、少し寄り気味で、その眼はいつも泣いているように潤んでいた。だが、たまに、どきっとするほどの険しさを見せた。例えば犬が吠える前に見せる威嚇の鋭さのようなものだ。潤んだ眼の奥から噴き出し、身体全体を走った。

そんなときに、村田先生にすれ違ったりすると、子どもたちは皆、両手をお尻の方へと引っこめるのだった。しかしながら、お尻に隠した手の遣り場に困るほどの瞬間的なものでもあった。

十日前のことがあるまでの文子は、描いた絵を見たわけでもないのに先生のことをほんの少し買いかぶっていた。

淀んだどぶ川の重たげな水の色や、どぶ川の脇に突然現れるかびの放つ怪しげな色を眼の裏に浮かべては、相当うまい絵を描くのだが、世の中に認められていないだけなのだ、と勘ぐったりした。

しかし、たいがいは友だちに同調的で、教壇に立つことのない村田先生を胡散臭く見つめては、普通の先生より格落ちなんだと決めつけていた。

さっきから、十日前の光景が、文子の頭の中に再現され続けている。同時にキスの危険にさらされ泣いている澄子の姿も頭の中を往来している。「新しい消しゴムが欲しい」と云って、朝学校へ行く前に見せるわがままな泣きっ面より、大分弱った泣きっ面をしている。その澄子の泣き顔が、ふと自分の顔に変わったり、また澄子の顔に変わったりする。

また喉がからからに渇いてきた。

「ほんならな」

叔母は来たときと同じように帰っていった。

「市場に行ってくるに」

母も買い物かごを提げて出ていった。

3

水を呑んだ文子は炬燵に戻った。炬燵に向かったが、妹の澄子にまで魔の手が届きそうで、手紙を読む気にも、宿題をする気にもなれない。

あのときも、喉がひび割れるほどからからになった。もし、クラスの清水さんが保健室に来てくれていなかったなら、本当にキスされていたのだろうか。キスされたなら、どうなってしまうのだろう。六年生で身体が大人になってしまうのだろうか。

伊勢にいるころ、二つ年上のお姉さんのいうままに、小さな文子たちは、大人たちの眼から逃れては薄暗い部屋に集まって、パンツを引き下げて性的に隠れ遊んだことがあった。その残り滓は、大きすぎるほどの罪悪感と、ほんの少しの快楽だった。いや、ほんの少しの快楽があったために、罪悪感は肥大したというべきか。

子どもが考えてはいけないこと、考えるには早すぎることを思いついたり、考えついたりするとき、文子の前には、その大きすぎる罪悪感が立ち塞がった。文子を萎縮させた。

今も文子は、その大きすぎる罪悪感を全身に感じて、獣みたいに眼を光らせ辺りを窺っている。誰かがいる。自分以外の誰かの気配、息する音が聞こえる。しかし、部屋の中には誰もいなくて、見慣れた家具が、いつも通りに配置されているのが見えるだけだった。静かだ。それでもまだ文子は気配から逃れられなくて、神様が、眼には見えない神様がいる、と呟いた。

色の黒い文子は冬になっても夏の日焼けが抜けない。浅黒い頬に夏にできたハタケが十円玉の大きさに白く、丸く、貧しく残っている。その粉っぽい部分に、無意識に文子は人差し指を持っていった。

大人の女。例えば母。例えばおでき。例えば二人目のおでき。例えば、「文ちゃんはせっかく大阪に出てきたというのに、いつまでたっても垢抜けせん子やなあ」と云って、文子の容姿をなじる叔母。例えば、ピンク色のつるつるの薄い布地をカーテンに使って部屋をひらひら飾り立てるアパートの一番奥に住む、きれいでガリガリに痩せたお姉さん。

カノジョたちと自分は違う。

「母も、叔母も、きれいなお姉さんもうまく隠しているけど、知ってるんだ」「五年生の終わりに習って、大人の女の秘密は、知ってるんだ」「ただ知らない振りをしているだけなんだ」

月に一度血が出るらしい。クラスの三木さんは、ドッチボールをしているとき、いつも片足を剽軽に上げて、九十度も上げてボールをよける。すると、ドッチボールをしていることも忘れて皆がどっと笑う。文子も笑ってしまう。それは、月に一度血が出るようになったのに、まだ平気でスカートの中を見せるからだ。

どうして大人の女の人は、銭湯の大きな鏡の前で、堂々と自分の裸を見ることができるのだろう。バスタオルに身体をくるんで、うっとり見つめている人だっている。

何月何日の何時何分からと、はっきり云えないけれど、あたしなんて、銭湯に行っても自分の裸を見ることができなくなった。乳のまわりが少し動きはじめているからだ。大きくなろう、大きくなろうと動き出している。もちろん、よーく見ないと分からないのだが、醜く膨らみはじめている。

そこが気になるので、一度、ゆっくり見なくてはと思っている。見る必要もあると考えているのだが、いざ鏡の前にくると眼を背けてしまう。身体の形が大人になっていくのが怖いとか、いやだとかではない。あまりじっと見ていると、「あの子は、子どものくせにおませ」と大人たちに云われそうだからだ。

それに、文子の中には、胸が膨らむことへの心の準備というものがまだできていない。女の人の胸は、いや、自分の乳房は大きく膨らんでいる方がいいのか。あまり膨らんでいない方がいいのか。よく分からないのだ。

いつも風呂屋で一緒になる林歯科のよう子ちゃんは、同い年、六年生なのに、もうはっきりと大人の体型をしている。背はすらーっと高くて、肌の色は大人のように白い。胸は膨らんでいる。顔も美人とは云えないけどきれいだ。足など女優のように長くてしっかりしている。「スクリーン」という雑誌に載っている外国の女優みたいだ。もちろん、それにはちょっと理由がある。ゴム入りのぶかぶかのズロースではなく、ナイロン製のパンティというものを穿いているからだ。

そのよう子ちゃんは、銭湯で一緒になる大人たちに「おませ」と云われている。一度大人たちに「おませ」という烙印を押されてしまうと、女の子にとって、その未来が決まったようなものだ。大人が使う「おませ」ということばは、その子の未来を占うほどの大きな力を持っている。たぶん、よう子ちゃんは「おませ」の呪いにかかって、これからもっともっと、おませになっていくだろう。文子はそんな気がする。垢抜けせん子やと云われるのもしゃくだが「おませ」と云われるよりましだ。なぜなら、銭湯で会う裸のおばさんたちに自分の未来を決められるなんて、絶対にごめんだから……。

文子はまた無意識に頬のハタケに指を持っていった。粉っぽくざらつくハタケを指で弄《いじ》りながら、もう一方の手でおやつのいかり豆を摘んだ。

夏休みに大阪に越してきて、三月後には、修学旅行について聞かされた。行き先は、文子が生まれ五年生まで暮らした伊勢だった。

友だちの誰にもさよならも云わず、母娘で逃げるように出てきたその伊勢を、もう一度外から見てみたい気もしたが、文子は小学六年生の行事である修学旅行を、祖母の住む山奥の村で、すでに済ませてあった。行き先は、春の大阪、奈良、京都だった。二度の費用を母に頼めない。それで修学旅行の三日間を図書室で自習することになった。

その三日間、一人で勉強している文子を不憫に思ったのか、村田先生は三十分に一度くらいの割合で「やっているか」「がんばっているか」「さみしくないか」と、ガラス戸越しに様子を見に来てくれた。あまりに何度も何度もで慣れてしまいそうになる気配だった。ふと振り返ると、そこには必ずガラス戸に顔を押しつける村田先生の姿があった。

あのとき、村田先生は決して、戸を開けて中へ入って来ようとはしなかった。旅行から帰った担任に真面目に勉強していたと報告してくれた。

実は、図書室で居眠りこそしなかったが、勉強などしていなかった。本棚から漫画本の伝記を取り出しては、片端から見ていただけだった。伝記を見終わると、難しい字だけの本、絵のない本を一冊机の上に広げ、顎を手の平で抱え、心で気ままに伊勢を旅していたのだった。

伊勢にいるとき通った小学校のことや、小学校の裏山に咲いていたつつじを摘んでは蜜を吸ったことや、その淡い甘さを憶いだしていた。それから、近くに住んでいた白子の友だちと遊んだことや、白血病で死んだ大人のような静かな顔をした友だちと、なるたけ死ぬときを遅らせようと静かに静かに遊んだことを何度も憶いだしていたのだった。

ところが。

「どうしたんだろう」

保健室のとき、村田先生はガラス戸を開けて中へ入ってきた。

4

朝から腹が痛かった。

痛かったが、授業を受けられないほどではなかった。しかし、四時限目の授業に入ったころから、腹の痛みが背中に移動しはじめたらしく、背筋の右側に丸太棒でも一本さしこまれたような、にぶい痛みが走りはじめた。しばらくすると、背中を伸ばしていることさえ覚束なくなった。文子は担任の許しを得て、保健室に薬をもらいにいくことにした。

背中を屈め、腹に両方の手の平を宛てがい、保健室に入っていくと、保健の先生はいなかった。しかし、石炭ストーブは燃えていて、少し前まで誰かがいたという気配は残っていた。先生が戻ってくるのを待とうと一瞬考えたが、立っていることすらが邪魔くさくなって、文子は眼の前の簡易のベッドに、投げ出すように身体を横たえていた。

横になり身体をくの字に寝そべると、痛みはすぐ和らいだ。横になると和らぐ痛みは、伊勢にいるとき一度、大阪に来て叔母の家にいるとき一度経験していた。今日で三度目だった。こうして身体をえびのように縮めていると、不思議に痛みは和らぎ、抜けていく。眼をつむった。文子は眼をつむったまま、幽かに残っている痛みの片割れを頭の中で追っかけた。見失うまいと執拗に追っかけると、追っかけるほど、痛みは逃げていく。欠けらすら、なくなってしまう。

これって、えびは、仮病なのではないかと戸惑っていると、突然、ガラッと戸の開く音がした。頭を持ち上げ、入り口を見ると、保健の先生ではなく、代用教員の村田先生が立っていた。

修学旅行の間、一人で自習する文子を気遣ってくれていた先生だが、友だちが陰で先生を馬鹿にすると、

「村田先生って、先生の資格のない先生やってね」

文子も一緒になって先生を馬鹿にし続けてきた。

痛みが剝がれてしまったせいか、そんなうしろめたさもあってか、瞬間、文子は自分を持て余した。全身を何やら言いわけがましく、くねらせた。

「背中、痛いんです」

簡易ベッドに向かってくる先生に、もぐもぐと訴えた。

その文子のもぐもぐを聞くでもなく、村田先生は、むっと押し黙ったまま、靴の踵で床板をぽこぽこと調子づけて叩いては、室を一周した。そして、廻り終わると、何の前触れもなく、文子の身体の上に伸しかかってきた。

先生は細い棒のような文子の腕首を両手で押さえ、顔の上、首筋の辺りで、まるで魚男のようにうぶうぶと熱い息をした。ギャアーと声を立てながら、文子も自由になる足をばたつかせた。

ギャアーと声を立てているものの、足をばたつかせているものの、文子の中に妙なほど恐怖心は生まれてこなかった。学校中の誰よりも、一番先生のことを知っている気がしていたからだ。どのように知っているかと聞かれても説明しがたかったが、とにかく知っていた。それに、父のいない貧しい転校生という理由では確かに学校で目立つ存在だが、決して自分が人目に立つほど、可愛くも美しくもないことを―。

そんな自分が、こんなふうな奇妙な情況に追いこまれ、足をばたつかせては、先生の顔を嚙みつくように見ている。不思議にも、おかしくも感じられるのに、金属の塊のような自分の声を止めることはできなかった。

村田先生が、文子の起伏のない棒切れのような身体の上から、やおらどいたのは、クラスの清水さんが保健室の戸を開けたときだった。

「すごい声なのでびっくりした」

担任に、「様子を見てきてやれ」と云われた清水さんは室に入って来るなり云った。その声は保健室で起こっていたことを把握しているようではなかったが、大人っぽく隠蔽的で、皮肉に満ちていた。文子をまがまがしい情況から素早く立ち直らせる力のようなものを持っていた。

清水さんは、代用教員の村田先生を無視して、文子がベッドから下りるのを助けてくれた。

保健室を出ながら二人は、戸惑い勝ちに、大人がよくやる眼と眼のお話をした。すごい声の原因、それを、二人は内緒にしておこうと約束し合った。

清水さんでよかった。清水さんは姉のように文子を労わりながら、文子を醜いアヒルの子として扱ってくれた。起こっている景色を本気で見ようとも、認めようとしていないところがあった。そこが、ちょっと不満だが、もし、助けてくれた人が大人だったら、例えば、担任だったりしたなら、あのことは学校中に広まって、すんでで、本物の魚女にされてしまうところだった。魚女は、皆んなの見世物になり、やがて、見世物小屋に売られてしまう。

「あたしは見た」

文子はまた、黒眼を獣の眼のように光らせて部屋の中を見渡した。誰かの、自分以外の誰かの気配がしたからだが、誰もいなくて天井の電灯がさっきより白っぽく部屋を照らしているだけだった。

清水さんに肩を支えられながら、保健室を出るとき、背中に視線を感じた。慣れた視線だった。振り返えらざるを得ないあの図書室での視線だった。操られるように振り向いた文子はベッドの脇にまだ立ち竦んでいる先生を見た。先生はちょっと眼を潤ませていた。それから先生は、洋服の中に隠すべきもの、男の性器を洋服の外にさらけだしていた。

文子はまた、黒眼を獣の眼のように光らせては辺りを見た。閉まったままの戸口の方も窺った。誰もいないのを確かめると、文子は白いヨークのついた黒のセーターを、肌着と一緒に荒っぽく両手でたぐり上げた。俯いて胸の二つの標しをじっと見つめた。膨らみはじめた標しを見つめているうちに、文子には、だんだんに何か分かってくるものがあった。しかし、ことばでは表現できなかった。

村田先生が叔母のところへきた本当の理由も分かってきた。

澄子を子に欲しいなどは嘘だ。十日前の出来事を文子が叔母や母にしゃべっていないかどうかをただ探りにきただけだ。

しゃべるはずがない。

しゃべったら見世物小屋に売られてしまう。本物の父のいない子どもになってしまう。大人になってしまう。今は家にいないけど、父はそのうち帰って来るんだから。今は事情があって、一緒に住んでいないだけなんだから。もし、あたしが父に告げ口したら、村田先生なんて父にぶん殴られてしまうんだから。

たぐり上げたセーターを元に戻すと、文子は炬燵板の上の手紙を手に取った。拡げると、父からの手紙は、かさこそとゴキブリの足音のような音を立てた。

手紙を読み終えると、遠くを、過去を見るように眼を細めた。その眼の裏には父と文子が、二人きりで道を歩くときの癖が、光景が、はみ出しそうに描かれていた。

父と一緒に歩くとき、父の左ポケットに右手を入れるようになったのは随分小さなときだった。出店みたいな果物屋に金柑を買いに行ったときが最初だった。

文子が大きくなるにつれ、父はだんだんそうされるのを嫌がった。嫌がったが、嫌がる父を無視して、そうするのが当然の権利のように文子は父の左ポケットに右手を忍ばせ続けた。そのわがままな癖は、まだ右手に意志として残っている。気持ちが残っている証拠に、ときおり、右手はくすぐったくなる。

5

あれっきり、叔母は文子たちの住まいに来ていない。

しかし、慣わしに従って文子たち母娘は叔母の家に行かねばならない。

学校では一日に一度は村田先生を見かける。まるで、何もなかったみたいに見かける。見かける場所は、職員室の前の廊下であったり、運動場であったりだ。もちろん、澄子はまだ村田先生の家の子どもになっていない。

二月から三月に暦が流れても変わったことは何もなかった。

変わった。

そう、変わったことと云えば、文子が少し前屈み、猫背になったことくらいか。胸元の膨らみが、ほんの少し大きくなった。それを人目から隠すために文子は背を曲げているのだが。

客観的に見て、その成長は遅々たるものだった。

はや歩き

1

「文子、澄子、順子ご飯やに」

「はーい」

母親の合図の声に娘たちは一斉に返事をする。そして一斉にお膳に向かう。娘たちがそれぞれの席に着き終えると、母親は唇の両端を少し下げ、口元をきゅっと引き締める。「私は、お前たちの母親なんだよ」と口元で誇示するのである。

口元を引き締めたまま、母親は給仕支度の置いてある右側に身体を捻り、まず、男物の大きなめし茶碗に飯を盛る。その大きな茶碗は、母親にとっては夫のもの。娘たちにとっては、父のものである。

男物の茶碗の置かれる位置は、長四角の膳の狭い方の一角に決まっていた。膳は木目模様のデコラ張りで、安っぽい折りたたみ式。そこにはすでに、木でできた茶色いかどのある男物の箸が添えてあった。

その大きな茶碗を膳に置くとき、母親は必ず音を立てた。とん、と音を立てた。よく聞いていると、その音はいつも違った。

怒りを孕んだような音を立てるとき、母親の機嫌は悪い。

手元が狂って、あやまって、落としたかのように、ことん、と置く日もあった。投げやりに、捨てるかのように、膳に茶碗を滑らせる日もあった。

長女の文子は、そのとんの音を幾度となく真似てみるのだが、含みのある、それでいて、押さえつけるような威厳のある音はどうにもだせない。ととん、とか、こつ、とか拍子抜けしてしまう。母のするようには、いかなかった。

それで、子ども用の自分の茶碗ではきっと小さすぎるのだと考えた。あんな音を立てるには、自分はまだまだ子どもすぎるのだとも考えた。

娘たちの母親は朝の八時から夕方の五時まで、住まいから歩いて十分ほどのところにある紙管工場に働きに出ていた。働き出してすでにふた月になる。

母親の機嫌の善し悪しは、母親の留守中娘たちが良い子であったか、なかったかで変わった。そして、娘たちが良い子であったか、なかったかは、彼女たちの叔母の報告で決まる。

多くの場合、三人の娘は良い子であるために喧嘩をはじめてしまう。

彼女たちは日課のように、母親の帰宅一時間前ころから、部屋の掃除をする。箒で掃いたあと、雑巾がけまでする。たいていはそのときに喧嘩は芽生え、いや生じ、成立への道をたどる。

まず文子が口火を切った。

「澄、あそこにまだゴミが落ちているやない。ほんとに、いつまで経っても掃き方が下手やなあ。貸し。箒、貸し。私が掃くよって」

その言い草は母親そっくりである。

絞った雑巾を片手に持った文子は、それが邪魔になるのか、うしろに投げ捨てる。次に鼻息荒く、澄子の手から暴力的に箒を取り上げた。文子は母に似て、少し杓子定規のところがある。自分が掃くように妹も掃いてくれないと、気持ちに収まりがつかないのだ。

「お姉ちゃんはいつもや。いつも自分が一番上手やと思てる。まだ、あそこはこれからや。これから掃くんや」

口答えしながら、頬っぺたを膨らませた澄子は、はれぼったい一重まぶたを鋭く座らせ姉を睨む。それから、姉に取られた箒を取り戻そうと、文子に向かって肩から飛びかかっていった。

しばらく二人は、一本の箒を獲物に、顔を紅潮させ、形相を変えて格闘技をする。

「お姉ちゃん、お姉ちゃんは、お姉ちゃんのくせにわたしを箒で叩いたやろ」

「叩いてへん」

「叩いた」

「叩いてへん」

「わざと叩いた」

格闘技はさらに階段を上っていく。

その姉二人のやり取りと、箒の行方を、さっきから隅の方で見ていた順子が、二人の間に割って入る。順子は張り裂けるほどに口を大きく開けている。眼には今出たばかりの泪が玉になっている。今にも落ちそうだ。突然泣きはじめた。

「アーン」と部屋を圧するほどの大声を張り上げた。小さな身体のどこから、そんな音が出るのか。文子が途方に暮れていると、

「お姉ちゃんが悪いから順子が泣いた」

澄子も煽られるように泣き出した。

とうとう、母娘の住みかである屋根裏部屋は、娘たちの泣き声と、うめき声が三つ巴となってしまった。その声は、獣声にどこか似ている。

あと五分で五時である。

五時になると、娘たちの母親は制服を脱ぐ間も惜しんで、工場の門をくぐってくる。運動神経の鈍い者特有の下半身を引きずるような走り方で、息せき切って娘たちのもとに戻ってくるというのに……。娘たちはどうしたことか、掃除のことも、母親の帰宅時間のこともすっかり忘れ、きょうだい喧嘩の坩堝に落ちてしまった。

そんな屋根裏部屋での出来事を、下の部屋で聞き耳立てていた叔母は、仕事から帰ったばかりの母親に、水でも浴びせるように、顚末を聞かせるのであった。

自分の息子まで引き合いに出し、しかし、怒ってなどいないことを示すために、にたにた笑うことも決して忘れず、いやみたっぷりに、

「あんたとこの子は女の子やのに、揃いも揃って、ようも飽きもせんと喧嘩しはる。うちのは男二人やけど、箒で殴り合いはせえへんでー」

父の茶碗をとんと置いたあと、母親は長女の文子の茶碗に飯を盛った。文子は小学六年生、澄子は四年生、順子は一年生。年の多い順に飯を盛った母親は、おもむろに、自分の小ぶりの茶碗に飯を盛る。

文子の席は、父の席の向かい側、順子と澄子は、母の前に並んで座っている。

母親はこの二年の間に、ぐっと老けこんで、顔に小じわが出来ている。小じわの間に、そばかすまで散らかっている。パーマネントの伸びきった髪は、裾にかすかなカールを残して、細い首に貧相にまとわりついている。その髪は艶を失い、光線の当ったところだけが、やけに白っぽい。美しくありたい女心など、どこかへ忘れてきたものか。もともとそんな女心は持ち合わせていなかったものか。母親は少し干からびて見えた。薄幸そうに、唇の輪郭をぼやけさせている。

今夜のおかずは塩の利いた鯵の干物二匹ずつと実だくさんの味噌汁、それから黄色いこうこ。味噌汁のお代りは二回まで。不在の父のためのおかずは、もちろんない。

母親は夫のためのおかずも用意したい。その方が、一家の夕食の形がより整うと思えるからだが、経済的にその余裕がなかった。

母親はときどき、自分用のおかずを夫の席に並べることがあった。夫の好物の奴豆腐と納豆は必ず並べた。

そのとき、最低三度は「今日はお父ちゃんの好きな納豆やに」と母は繰り返しつぶやく。

それで、文子はいやでも父を思い出すのであった。

「醤油を入れてから練るやつは、納豆の食べ方を知らんやつのすることじゃ。納豆はなあ、こうして葱と一緒にしっかり練っておいて、最後にちょっと醤油を落とすもんや。そうするとな、醤油の風味が散らんのや」

父は必ず、おおげさに御託を並べながら、力任せに納豆を練った。

陽が沈んだ。

さっきまで水色だった外が急に陰った。そのせいで家の中がぱらっと明るくなった。明るさを受けて、電灯の下の鯵の干物が、一回り大きくなったようだ。

「いただきます」

手を合わせたあと、母親は、娘たちに聞こえるか、聞こえないかの声で「陰膳よ、陰膳よ」と口ごもった。

その母の声になるか、ならないかのつぶやきを耳聡く聞き取った文子は「陰膳よ、陰膳よ」と声には出さずつぶやいた。

文子は陰膳の意味を辞典で調べて知っている。それなのに、「今日のお母ちゃんは、お父ちゃんのことを怒っているのだろうか」と自分たちのきょうだい喧嘩を棚に上げて考えるのだった。「それとも、お父ちゃんを思い出しているのだろうか」と陰膳の意味を逸脱して心を動かすのであった。

母になり代わって父を叱る日があった。

子どもを捨て、母を捨てどこかへ行ってしまった父を叱るとき、文子にとって母は歳の離れた弱くて可哀想な姉のような気がした。母親はまだ三十一歳であった。

昼間、叔母との間に悲しいことがあったときは、心を動かしても、ちょっと趣が違った。

叔母は、母の不在中、文子を小間使いかなんぞのようにこき使うことがある。

「文ちゃん、悪いけど中央（市場）まで、ちょっと走って豆腐買うてきて」

猫なで声で用事を頼む。叔母は肌の浅黒い、しもぶくれの、のっぺりした顔だ。文子の顔は母より、この叔母の顔に似ている。

豆腐を買って帰ると、今度は青葱である。市場まで自転車で往復二十分かかる。

「悪いなあ。葱買うてきて」

葱を買って帰ると、今度は洋辛子の缶である。

「缶入りの辛子、これが最後やから、なあ文ちゃん頼むわ」

断る術を知らない、「いやです」と云えない文子を承知の上で用事を押しつけてくる。

はじめのころ、自転車に乗ることの好きな文子は、叔母に用事を頼まれることが好きだった。何か用を云いつけてくれないかと待つほどだった。しかし、このごろ、あまり嬉しくない。どこやら父に似ているこの叔母を嫌いになりそうになるからだ。

三回目の市場への道のりを、弾みもなく自転車をこいでいると、泪が出そうになった。

「叔母ちゃんはきっと賢くないんやわ。一回で済む用事を三回に分けて」

文子はハンドルから離した片手で出かかった泪を拭いた。

無性に父に会いたくなった。父の顔を無理矢理思い浮かべるのだった。

しかし、浮かんでくる父の顔は、どうしたことか、父の顔の中で一番不細工な顔であった。前歯をむき出して、嬉しげに、おどけて鼻で笑うくずれた父の顔しか浮かんでこなかった。違う、違う。こんな顔やない。お父ちゃんはもっとハンサムや、と打ち消し、打ち消し、文子は父がいたなら、父ならとない物ねだりに心を委ねた。

「おまえは、俺の娘を女中とまちごとんのとちがうか」

叔母をこっぴどく叱ってくれるに違いない。

やっぱり、父がそばにいて欲しい。

そう思うと、「家庭を壊したのは、お父ちゃんのせいだけやない。きっと、お母ちゃんも悪いに決まっている」と思えてくる。

「お母ちゃんはよう泣くし、すぐ田舎のお祖母ちゃんとこへ行きたがるし、お父ちゃんが映画を誘っても騒々しいとこはいややと云って断るし……」

そんなことを考えていると、お膳に向かってご飯を噛んでいる母が、ただの母親という職業人のように見えてくるのだった。

2

母親の郷里は三重県の山奥にあった。

そこで、文子たちの祖母、タエは菓子屋兼何でも屋を営んでいた。

ガラスの陳列瓶に海苔のついたおかきや、豆菓子や、飴玉を並べ二つで一円、ひとつで一円と売っていた。何でも屋なので菓子以外にも、ふりかけ、生卵、大樽に入った量り売りの味噌・醤油・酢、それから、傷みの早い果物まで売っていた。店の右斜め向かい、農協の隣に総合病院がある。果物はその病院の見舞い客用だった。

タエは気が向くと、農協で廉く仕入れた茄子を、大樽に塩漬けにして売ることもあった。手の平を紫色に染めて、一つひとつ丹念に塩で揉んで漬ける茄子はタエの自慢の商品だった。しかしタエは「うまいのぉ」と誉められると、嬉しくなって、お人好しになってしまう。そのほとんどを村中に無料で配って歩くのだった。

タエはこのごろ、子連れで里帰りしている娘の美智子に店番をさせて、店を留守にすることが多い。

それは、どこへ行くあてのない母娘四人を、台所に、店の間に、陳列瓶の傍らにと四六時中眼に止めねばならぬことが、歯がゆいからであった。

母娘がここに帰ってきて、すでに八カ月になる。一年や二年、女、子どもを養うくらい容易いことだ。田舎のことで、米も野菜もたっぷりある。店には味噌も醬油も缶詰もふりかけもある。どうとでもなるのだが、先々のことを考えると気が滅入ってくるのであった。

母娘四人は、まるで化膿する前の出来物みたいに、真《ま》っ赤《か》っかで、この先膿を孕むのか、そのまま凹んでしまうのかさえはっきりとしない。その出来物に見られる状態がいやなわけではないが、なにやら、じっとしていられなくなる。今日は大工さんの家、今日は床屋、今日は掛かりつけ医の田中先生の奥さんところへとアッパッパ姿のタエは、そわそわと出かけて行くのだった。

左向かいの電気屋のおばさんと入れ違いにタエの弟、母親には叔父にあたる大介が店にやってきた。

大介は精米業を営んでいた。村では通称精米で通っている。畑仕事を中断してきたのか、野良着姿だ。

踏み固められ、波打っている黒土の土間を、まるで我が家のように、小柄な大介は腰軽く入ってきた。

陳列台の内側まで来ると、店の間の右手にある台所の方を覗いた。

「美智子や。姉やんはおらんかのぉ、上げてもらうに」

上がり口にあぐらをかいた大介に、母は中腰になって「叔父ちゃん、冷かいお茶入れてこうか」と聞いた。

大介は、顔の横にあげた右手を振り振り、鷹揚に制した。

「茶はいらんに」

母は大介に向かい合うように、座り直した。

「のぉー、美智子や、またやがのぉー、成雄さんのことは……」

諦めろ、と大介は話しはじめた。

文子と澄子は、店の間に拡げた卓袱台に頭を寄せ合って、紙人形に、紙の洋服を作っていた。順子は姉二人の傍らで、足を投げ出し、いやがる白猫にじゃれていた。

父の名前が出たとたん、文子はどきっとした。どきっとなどせず、普通でいたいと思うのだが。父の名前を聞くと、文子はなぜか、いつも反射的にどきっとしてしまうのだった。そして、そのあと、やっぱりお父ちゃんの話かと耳を澄ますのだった。さっき止んだばかりの蟬しぐれが、またはじまった。

大人たちの話す中身は、たいがい父の悪口で文子は好きではなかった。しかし、すっかり忘れていた父が間近にいるような気持ちになれることも確かだった。それで、ついつい大人の話に耳だけ仲間入りしてしまう。

同年代の他の子より、大人の話すことが分かる自分が少し嫌だが……。

しばらくすると、

「あたしだけが、父の味方で、あたしが父の味方になってやらなければ」と呟いていた。

里にきて、ひと月ほど過ぎたころ、正月の三が日は過ぎていただろうか。父がタエの店に現れたことがあった。父は女の人と一緒だった。女の人は見たこともないようなきれいな人だった。

父は土間に立ったまま、黙って文子を見下ろしていた。一緒に並んで立っている女の人は、店の間でごろごろ寝そべっていた文子に声をかけてきた。

「あなたが文子ちゃん」

文子は慌てて起き直った。しかし、二人はすぐに店を出ていった。

文子はその女の人を穴があくほど見つめたが、「はい」と返事ができなかった。

その夜、精米の家にタエの妹弟が集まった。父と母の行く末を話し合うために、母方の親族が寄り合ったのである。その席に、長女という理由で、まだ五年生の文子も連なった。

母方の小柄な親族に囲まれ、大きな父は始終うなだれていた。

「はい」「へい」と神妙に返事していた。

しわがれ声でなにか云っていた。父に較べると、叔父・叔母に囲まれた母は始終はっきりしない態度だった。親類の人に護られて、わがままそうにさえ見えた。

「わしが悪いんです」

父の声が聞こえてくると、父には味方になってくれる親類の人がいない。たった独りだ。可哀想だと文子は思った。

しかし、掘炬燵に両足を入れた文子は眠かった。

こんなとき、父と母の大事な話をしているとき、眠ってはいけないと思うのだが、眠かった。

ときどき、父の声が鮮明に聞こえてくる。自分しか、父の味方になってやれる者がここにはいない、と娘である義務感とやさしさをふるい立たせては眼を覚まそうとするのだが、どうしても眠気には勝てなかった。大人たちのつぶやくような話し声が、くぐもって意味のない記号のような音となって眠気の波に乗ってくる。がやがやと、それでいて、ひっそりした濁音に包まれた文子は、昼間見た父の連れた女のことなど、すっかり忘れていた。

「成雄さんのことは諦めてさ、再婚してはどうやな。きにょうも姉やんはこぼしておったぞ。はっきりせんで困ると泣いておったぞ」

文子は橙色にしようと思っていた紙人形のワンピースの色を深緑に変更することにした。色鉛筆を取り替えながら、母たちの方を、ちらっと横目で盗み見た。

母親は、薄い笑いを顔に浮かべて、大介の顔を伏し目がちに見つめていた。その笑いには、自分のことが話題になっているのに、まるで他人様の悩み事を聞かされているかのような無責任さと、もうこんなふうに笑うしか方法がないのだと云わんばかりの、はかなげな気弱さがこもごもに漂っていた。

深緑の色鉛筆でワンピースの縁を描きながら、文子は、母はいつからこんな笑い方をするようになったのだろうかと思った。そして母親の卑屈な笑いの領域に自分がすっぽり包まれている居心地の悪さと、気恥ずかしさの両方を感じた。それは、父親からは感じることのない恥ずかしさだった。

止んでいた蟬の声がまたはじまった。

里に帰った当初、身内の者の、母親への再婚の勧めも、正式に離婚せよとの勧めも、月に一度くらいの割だった。

しかし、このごろは頻繁になってきた。

先週は、静岡に嫁いでいる叔母の芳乃が　タエの店にやってきた。母親に意見するためにわざわざ帰ってきたようだ。叔母といっても芳乃と母親は五歳違いで、子どものころは姉のように慕っていたらしい。

芳乃はさんざん関東弁でまくし立て、あげく「あんたはバカさ」と捨て台詞まで残して帰っていった。

「美智子、あんた本気で離婚する気あるの。いやだねえ。だらだらと、里の世話になってさ。娘が三人もいるのに、もう何カ月になるのかね。これじゃあ、離婚しているのと一緒じゃないか」

「……」

そんなにきつく云わないでくれといった顔で、母は気の勝った芳乃を見つめていた。しばらくして、芳乃の話が途切れた。

「実は、姉さん、お父ちゃんから離婚届は預かってるんです」

ぽつりと母が云うと、芳乃は「そのお父ちゃんって云い方やめな。めそめそでいやだ」と眼を吊り上げた。「お父ちゃんてのはね、お父ちゃんらしいことをやってくれる人に使うことばだよ、分かってる、美智子」

母親は、夫からおまえの好きにしたらいいと、離婚届を渡されていた。白紙のままの用紙は、旅行鞄の一番底に直してあった。

「でも、姉さん。三人も娘がおって、離婚なんて……、紙の上でのことでしかないんです」

成雄という夫を持ち、三人の娘を持つ女であることから、半歩も外に出ることの考えられない母親にとって、離婚話も、再婚話も突き詰めていくと、他人事のようで、ぴたりと身に添ってこないのだった。

「美智子、よく考えな。今のおまえはね、紙の上で結婚しているだけなんだよ。女連れで女房の里にくるなんて、そんな男、夫でもお父ちゃんでもない。分かっているのかい」

「はい、分かってます。そやけど姉さん、紙の上での結婚でもわたしの生んだ娘らは消えてなくならへん。娘らはお父ちゃんの子や。そこを姉さん分かって欲しい」

母親は食い下がった。

二夫に見《まみ》えることは許されないとか、子どもを手放すことはいけないとか、そんな話の埒外で、夫とも、子どもとも繋がってしまっている自分のことを芳乃に説明したいのだが、分かってもらえない。

「姉さん、こんなふうにわたしが不幸なんは、宿命なんよ、やさしい旦那さんを持ってる姉さんには分からへん」と拗ねた。

大きなため息をついたあと、芳乃は母親の眼を覗きこんだ。

「美智子、おまえ、覚えてる」

「……」

「まだおまえが小さいころ、もう十五になっていただろうかね。二人でお伊勢さんへ参った帰り道、おまえ、私になんて云った」

「巫女さんになりたいって。大酒飲みの、わたしらの服まで質草にして、お酒を呑む、わたしらのお父ちゃんにいつも苦しめられているお母ちゃんを見てると、お嫁さんなんかに行きたたなかった」

「そうだったろう。そうだよ。美智子、いっそ、そのころに戻ればいいんだよ」

「姉さん、そのころに戻れたら、宿命なんてあらへん」

「あのころの美智子は一緒に歩くのがいやなくらい美しい娘だったのにさ。いまのその顔はなにさ。汚くなっちまって。いやだね」

いつの間にか。巫女さんになりたい気持ちは消えてしまった。女は結婚するもの。それが当たり前のことだと母親は思うようになった。

タエのすすめる男、成雄は、戦地、ビルマから帰ったばかりだった。男はコップ一杯のビールで真っ赤になった。男を見た瞬間、巫女の二文字は心から消えてしまった。酒癖さえ悪くなければと、母親は安心して男の妻になった。

成雄がはじめて家を開けて帰ってこなかったのは、文子が腹の中にいるときだった。

二十になったばかりで母親はまだ若かった。腹立ち紛れに里に帰り、タエを責めた。

「男の悪い癖には、酒以外に、女と博打があるなんて、わたしは知らんかった。お母ちゃんはなんで教えてくれなかったん」

次に里帰りしたときは、もう文子は生まれていた。博打の借金で成雄がにっちもさっちも行かなくなっていた。里にも帰らずもう死のうと決めて、走り去る汽車を三つ見送った。結局死ねなくて、文子と風呂敷包みを抱えたままその足で里に帰った。

成雄が事を起こす度に里帰りを繰り返した。女が原因のときもあったが、つまるところ、夫の借金返しの算段のためだった。

タエに金の無心をして、その金を持って夫のもとに戻ると「お父ちゃん、これが最後やに。もう人からお金借りてまで競輪や麻雀せんといてな。やり直してや」

母親は口癖のように繰り返すのだった。

ところが、今回は違った。成雄は会社を辞めて、もらった退職金で借金を返済していた。それに、いつごろからつき合っていたのか。成雄には女がいた。会社の購買部で働くみや子というのが相手だった。

社宅を追われた母親は、会社近くに部屋を借り、娘たちと成雄の帰りを待った。いつもの繰り返しだと高を括って待っていたが、追い討ちをかけるように、俺の布団を送ってくれよ、と成雄から住所の控えが送られてきた。

母親は今までとちょっと違う成り行きに戸惑った。やがて、打ちのめされた。しかし、時間が経つと、「今度こそ、お父ちゃんは本気でやり直そうと思っている」と無理に考えるのだった。そして、自分が夫のそばにいると、やり直しの邪魔になるのかもしれない。そこに考えが落ち着くと、母親は真っ黒で得体のしれない宿命ということばをさらに追いかけた。そこへ隠れようとした。

文子はいつもより、丁寧にワンピースに色を塗っている。母が自分たちの方を見ている気がするからだが、本当は少し違った。母の頼りなさや、弱々しさに歯向かいたい気持ちがあって、丁寧に色を塗っている。

「のおォー、美智子よ。成雄さんは背もたこうて、そりゃあ、ええ男ぶりじゃが、男ぶりだけでは飯は喰えんぞ」

「……」

「成雄さんは所詮は都会《まち》の人、やさしい男じゃが、意志が弱すぎる。おなごなら意志が弱あーても済むがのぉー、男はそうはいかんのじゃ」

「……」

母は頷くように、首を縦に振りふり、文子たちの方を見た。文子は自分たちの方を見る母に気づかぬふうを、ことさらに装って、色を塗り続けた。そして、母が宿命ということばを振りかざすのを待った。

「宿命なんです」と母はよく云う。「宿命なんです」と云っては叔父さんや叔母さんの意見や話を振り出しに戻してしまう。

文子はこの母の使う宿命ということばを、どうにもならない事と理解している。そして、ふっと、母が宿命ということばを使うとき、母はきっと父のことをまだ好きなんだ、と思う。

そんな母のもとに、足を運んでくる叔父さんたちのことを、文子は少しおかしいと思うことがあった。

再婚せいというくせに、一度だって、誰それさんのところへと云ってきた例がなかった。

父以外の誰かと母が結婚して、自分がもらわれっ子に行って、虐められたり、泣かされたり、女中みたいにこき使われたりする悲しい未来を、あれこれ想像してみるのに、未来なんてなくて、いつも今のままだった。

それにこのごろ思うこと、肌で感じることがあった。それは、荒だったことの少ない田舎が退屈で、叔父さんたちはごたごたを求めるように母の元にくるのだと。

「まっこと再婚するんなら、娘らはわしらが預かって、責任を持って育てるよってさ。娘の一人や二人の食い扶持ぐらいどうとでもなるよってさ」

母の薄笑いと、視線がなんだかうるさくなってきた。文子は裏庭に眼を移した。

裏庭の向こうには、緑色の稲が段々に、行儀よく敷き詰められていた。そのずっと先に赤土を剝きだした小山が見える。あの赤い小山が隣村との境になる、とタエから聞いた。文子はまだ一度も山の向こう村には行ったことがなかった。

また蟬しぐれがはじまった。


あと三週間で夏休みが終わる。

大阪に住む、文子の父の妹、叔母から、母親のもとに手紙が届いた。叔母は母より四歳年上であった。

手紙には「みや子とは手を切って、兄ちゃんは大阪にいる。兄ちゃんは真面目に働き出した。大阪なら女が働くところがなんぼでもある。美っちゃん、なんなら大阪に出てきてはどうか」と書いてあった。

母親は娘三人を引き連れて、大阪の上六へと向かって旅立った。旅立ちに際して、母親は娘たちに云った。

「ここへは二度と戻れないかもしれへんに。あんたらのお祖母ちゃんの田舎をよおっく見とくんやに」

タエを入れて五人はバス停の前に佇んでいた。文子は、宿題に描いたことのある眼の前に迫ってくる高い山を見た。ここは山の中なのにまだ山がある。そう思って山を見た。

夫への取っかかりになる執着心や、親子五人の暮らしを取り戻す自信のようなものがあるのか、ないのか。頼りないほどに茫茫としている母親の有り様が、何となく分かるのか。車中、娘たちは、「大阪、おばちゃん、大阪」と無邪気にはしゃいでも、決して「お父ちゃん」ということばは口から出さなかった。

ところが、大阪の叔母の家に着いたものの、成雄はいなかった。仕事の都合で鳥取に去ったあとだった。

「狭いけど、とにかくここからはじめたらええがな。兄ちゃん、あんたらのお父ちゃんもな、三月ほどになるかな、ここから仕事に通たんやで」

叔母は母娘を屋根裏部屋へと案内した。まだベニヤの香もするその部屋は六畳一間で、天井には、屋根の形を残したまま、やはりベニヤが貼ってあった。西壁には一間幅の窓も切ってあった。

娘たちはまだ子どもで背丈がないし、母親は背の低い猫背な女なので、天井の低いことで不自由はなかった。なるたけ、天井の高いところを利用すれば万事済むことであった。

むしろ、娘たちは三角天井の部屋に童話の世界を想像するらしい。幸、不幸の感傷にそそられるのか。

「お母ちゃん、わたしら小公女みたいやね」

文子は汗疹のできた首の周りを指で掻きながら丸い眼を潤ませた。小公女の話を知らない母親を相手に、まるで自分が主人公にでもなったように、文子は夢見る顔で小公女を語った。

「そいで、最後には、お父さんが帰ってくるんよ」

「なあー、美っちゃん、夏の暑い盛りは、ご飯のときと、寝るときだけ二階に上がって、あとは、下におったらええんやで」

そう云っていた叔母も、このごろ、少し剣呑になってきた。母娘が目障りで仕方がない日があるらしい。

3

小学校の脇道は、小型の自動車がやっと一台通れる幅しかなかった。

校舎がなくなり、住宅が並ぶ辺に来ると、暗渠になっていたどぶ川が顔を見せる。もう少し歩くと、右手に畑と野っ原が見渡せた。野っ原の垣には、文子が貧乏草と呼ぶやぶからしが、蔓になって被さっていた。

文子はその脇道を早足で歩いている。

うしろから、隣のクラスの西口さんが、追いつこうと、追っかけるように歩いて来るのは分かっていた。文子は歩調を弛めようとしなかった。西口さんは同じ長屋の奥の棟に住んでいる。

大阪に転校してきてから、下校時に限って文子はずっと早歩きを励行している。それはまだ友だちが欲しくないからだった。

誰かと並んで歩いたりすると、仲良しにならなくてはいけない。話をしなくてはいけない。前の小学校と、その前の小学校のことを話さなくてはいけない。一つならまだいいが、二つの小学校の話をするなんてうんざりだ。面倒だ。それに今は、父がいないという現実に心がいっぱいで、友だちなんて欲しくない。

父と一緒に住みたいと思ってみたり、住めなくてもいいと思ってみたり。私はいいけど、大丈夫だけど、二人の妹は父がいなくて可哀想だと思ってみたりして揺れている。

心の中で、そんなことを考えたり、思ったりをずっと繰り返していたかった。他のことは、あまり心の中に入れたくなかった。だから、こうして、早歩きなどして、堂々と独りでいられるほやほやの転校生であることが、文子にはとても好都合だった。

一度、学校の帰り、西口さんは走って文子に追いついてきた。仕方がないので、並んで歩いておしゃべりをした。一緒に並んだときくらい、ゆっくり歩けばいいものを、文子は早足を止めなかった。一度早足を止めると、ずっと止めなくてはいけない。それだけはいやだった。いつもより、がんばって早く歩いた。

西口さんは話の合間に、何度も何度も「文ちゃんって、足早いなあ」と、息を切らして云った。

あのときは弁当のおかずの話になった。

文子たちの母親の拵える弁当は、子どもたちの空腹を満たすことが目的で、外見への配慮など皆無だった。母親は田舎人間で都会的ではないのだ。

妹の澄子は、朝学校へ行く土壇場になって拗ねることがあった。

「お母ちゃん、レタスもウインナーもハンバーグも入れて」と膨《ふく》れる。「こんな弁当では学校へ行かれえへん」と泣き出すのだった。そんな朝、文子は澄子を引っ張って、学校へ連れていく。

クラスが別なので見たことはないが、西口さんの弁当も文子のものと似たりよったりなのだろう。きれいな弁当を持ってくる自分のクラスの女の子の名前を指折り数えながら教えてくれた。

文子は醤油色した精彩のないおかずも、おかずの汁の染み付いたご飯も別段苦にならなかった。だから、弁当の蓋で中身を隠したりすることはなかった。幼稚園のときから使っているバラの花を描いた小判型のアルミ蓋についた米粒を、ゆっくりと先に拾って食べた。

しかし、そんな弁当しか持っていけない自分を、西口さんには、恥ずかしげに見せなくてはならない。

「うちはね、経済的に苦しいから、お弁当に果物なんて入れてくれへん」

文子が弁解すると、

「文ちゃんってすごいなあー。大人みたいやなー。学校で習ろたばかりの経済なんてことば使こうて。経済ってそんなふうに使うもんやねんなあ」

西口さんの声を聞きながら、頬がぽーっと熱くなるのを覚えた。

本当は貧乏だからと云うべきところを、貧乏ということばを隠して経済的に苦しいと云っただけだ。それを、西口さんは上手に躱してくれたのだった。

文子はこんなふうに小学六年生らしくないことばをよく使う。弁当のおかずを隠さない代わりに別のものを隠そうとした。家にちゃんと父がいて、それでも貧乏なら、貧乏といえる。しかし、自分の家は、事情が、貧乏の事情が違うというふうに、自分を、父を、母を、真実《ほんと》をことばで鎧うのだった。

すぐうしろに西口さんが追いついてきている。足音で分かる。文子は気づかぬ振りを続けた。あと少しで細道も終わりだ。突き当たりの左右に伸びる道は、長屋の前の道路だ。

叔母の家の前まできた文子は、くるりと西口さんの方を振り向いた。

「文ちゃんってやっぱり足早いなあ、追いつけんかった」

「……」

「さいなら」

「さいなら」


「ただいまあー」と云ったが、返事がなかった。屋根裏部屋に上がっていくと、澄子が窓の前に座って、しょんぼり外を見ていた。泣いていた。

「どうしたん」

澄子は泣きはらした眼で文子を見上げた。

「お姉ちゃん、きみちゃんって知ってる」

「うん」

きみちゃんは棟違いの長屋に住む子で、澄子と同じ四年生だった。きみちゃんのお姉さんはきれいな人で、中学を出るとすぐに、年をごまかして水商売に働きに出ていた。お父さんが病気で働けないためらしい。それにきみちゃんの家は生活保護も受けている。生活保護の係の人がくると、慌ててテレビをカーテンの裏に隠すらしい。

「あの娘のうしろ姿見てみ。膝と膝の間があんなに離れてもて、もう生娘やないで。あんな怠け者の親を持つと子どもが苦労するなあ」

叔母たち大人が、露骨にきみ子一家、とりわけ美しいきみ子の姉を罵るのを聞きかじっていた。

「向こうの並びの子やろ」

「うん、あの子がな、わたしとこのおかずはいつも鰹節に醤油かけたんばっかりやって、云いふりまわしてんねん」

「……」

「みんなにやで…」

澄子は低い声で訴えた。腹立ちが膨らんできたのか。腫れぼったい眼元を赤らませて、姉を睨んだ。次には、「みんなに云いふりまわしてんねん」と云って、しくしく泣き出した。

澄子は小さいときから、よく外で泣かされて帰ってくる子だった。すぐに泣いてしまうから、泣かしたくなったり、いじめたくなったりすることが、澄子には分からないのだ。

文子は、いつも、そんな泣き味噌の妹に歯ぎしりした。いじめられないかと、はらはらしては、落ち着いて友だちと遊べないこともあった。

澄子が泣いて帰ってくると、父は「おまえ、姉《ねえ》やのくせに泣かされた妹を放っておくのか」と仕返しを命じた。

しかし、父の命令に従って澄子を泣かした子に仕返しをして帰ると、いつもとんでもない大騒動になった。相手の母親や父親が、文子の母のもとに談判にくるという結果を招くのだった。そして、しばらく親同士の関係がぎくしゃくするのだった。

大阪に来たから、大阪に来る前の暮らしを捨てるという意味もあって、文子はもうそんなふうになりたくなかった。それに、仕返しを命じる父もいない。

「なあ、澄、云いたい子には、云わしとき」

諭すように語りかけながら、文子は大人のように眉間に縦のしわを寄せた。懸命に背伸びしようとした。

きみちゃんという子はなぜ見えるはずのない他所の家のおかずを吹聴してまわるのだろう。

文子は澄子の横に並んで座った。外を見た。表通りに面して建っている長屋の、屋根の片側が見えている。長い瓦の斜面だ。こうして眺めていると、家の中は屋根の上にでも上がらない限り見えるはずがなかった。

ひょっとすると、きみちゃんとこのおかずも鰹節が多いのかもしれない。きっとそうや。

自分の推理が案外、的を射ている気がして、文子は嬉しくなった。しかし、眉間の縦のしわはほぐれない。

でも、きみちゃんの家と、自分の家は一緒じゃない。文子はそばの澄子のことも忘れて考えた。

いつごろからか。

文子は眉間に表情をこめるようになった。人を見つめるときは特にそうで、眉間に力を入れて、眉と丸い眼を吊り上げた。自然、睨む形となる。その眼は少し威圧的で、見方によっては反抗的であった。近所のおばさん連中には不評であった。子どものくせして、かわい気がないと陰口を叩かれた。

立ち話中、文子が近づいていくと、すっと、話し声を止める。この大人だか子どもだか分からない娘はいやだねー。ひねた子どもだねー。頬の辺に笑いを含ませて互いに眼を見交わすのだった。そのおばさん連中の中に、しばしば文子の叔母の姿が交じっていた。

「お母ちゃん。このごろ、叔母ちゃんなあ、よう押し入れの中で昼寝しはるんやで」

覚えたての大阪弁でこっそりと、母親に告げた。

頭痛持ちの叔母は、娘たちの立てる疳高い声が煩《うるさ》いのだろう。押し入れを避難所に選ぶようになった。

「美っちゃん。悪いけどなあ。うちらが夕飯食べてる間は、子どもら、お便所使わさんといて欲しいんやわ。うちのがな、そうさせいって、やかましいに云うねん」

そんな注文が出されてほぼひと月が過ぎていた。

叔母の家は、玄関から一番奥に手洗いがあった。玄関先の板間に、屋根裏への梯子段がある。その次にある四畳半で叔母一家はテレビを観ながら長い食事をした。食事が長引くのは叔父がゆっくりと晩酌をするためだ。

その食事の最中に、傍を小さい者たちに埃を立てて歩かれ、もう一つある六畳間で隔たっているとはいえ、その奥にある手洗いの臭いを度々遠慮会釈もなしに嗅がされてはたまったものではなかった。

ことば数の少ない叔父は、娘たちをにこにこ見つめるだけで、直接何も云わなかった。しかし、云わない分、叔父には耐えられない、腹立たしい中身の蓄積があったようだ。叔母一家も狭くるしい棟割長屋の住人にすぎなかった。

雨の前日など、汲み取り式なので、閉め切っていても、どこからともなく手洗いは臭ってくる。

母娘は、八時ごろになると、夜の散歩に出かけた。雨の日も傘をさし散歩に出た。近くの野っ原までくると、「文子、おしっこしい」と母親は云う。

文子は不安そうに辺りを見廻し、誰か人が来ないかどうかを確かめてから草っ原に屈んだ。母親をじっと上目に見上げて、見張っててね、と睨んでねだってから放尿した。

母親は、そんな文子をやわらかく笑って見つめた。もうこの子は無邪気の山を一つ越え、恥ずかしがることを覚えたらしい。そう思うと、母親には嬉しくも頼もしくも思えてきて、自然に笑えてくるのだった。

「お母ちゃん。おしっこしたくなくても、出えへんでもするん」

横で尻を出したままの順子が母親を見上げている。

「そうや順、せないかん。おばちゃんとこのご飯はながいからなあ」

おどけるように順子をたしなめている澄子も小さな尻を出していた。そして、屈託のない放尿の音を立てていた。

母親は娘たちから眼を背けて、夜空を見上げた。初秋の剥げた赤い月が出ていた。

来年の春には文子も中学生だ。月の物もはじまる。文化住宅が借りられればよいが。もし無理ならアパートでもいい。早く越さなくては、と月にしゃべりながら心を引き締めた。

雨台風になりそこなった、どしゃぶりの雨が三角屋根を叩いていた。

外に遊びにいけない娘三人は膳に頭を寄せ合って、便箋に手紙を書いていた。父への手紙である。傍で母親は小箱に紙を貼っていた。

雨の日曜日、洗濯のできない母親は、集めておいた菓子箱に、やはり集めてあった包装紙を器用に貼り合わして楽しむのだった。屋根を叩く雨音が、ときどき母娘の話し声をかき消した。

「お母ちゃん、見て」

「もう書けたか」

母親は指先の糊を布巾で拭い、順子の書き上げた手紙を手の平に載せた。

―お父ちゃん、お元気ですか。わたしも元気です。べんきょうもがんばっております。おねえちゃんもお母ちゃんもおげんきです。お父ちゃんもお元気でがんばってください。わたしもげんきでがんばります。―

母親は雨音に負けじと声を立てて読んだ。

「上手に書いたなあー。字ィも上手になったなあ。お母ちゃんは字が下手やのに誰に似たんやろなあ」

順子を誉めながら、また小箱に紙を貼りだした。

しばらくすると、母親は指先の糊を拭って、今度は澄子の手紙を手に取った。同じように声を立てて読んだ。

そして、やはり上手に書いた。澄子も誰に似たのか、お父ちゃんかな、字が上手やと誉めた。小箱の紙貼りに戻っていった。

次に文子の書いた手紙を手に取った。

声を出さずに書き出しを読みはじめた母親は「雨が降ってますだけでは、どんな雨が降っているか、お父ちゃんに分からへんに。文子は一番お姉さんなんやから、お父ちゃんに分かるように書かな。書き直し」と便箋を文子に突っ返した。

―お父ちゃんへ。雨が降っています。朝起きる前から降っています。ザアーザアーと音を立てて、洪水になるのではないかと、私は心配しております。この間の台風、第二室戸台風のときは、床下浸水になりました。次の日、バキュームカーが、叔母ちゃんの家の床下の水を吸い取ってくれました。今も、屋根に雨が響きます。明日は晴になると思いますが、音だけ聞いておりますと、このままずっとやまないように思えてきます。お父ちゃんは鳥取で仕事にがんばっておられますか。私も来年は中学生です。それで、字の小さな中学生用の国語辞典が欲しいです。六年生で、もう中学生用の国語辞典を持っている子もいます。中学校は歩いて三十分もかかるところにあるそうです。一度見に行こうかと思いますが、友だちがいません。一人で行くのは遠いです。では、来週も手紙を書きます。—

二週間後、鳥取の父から菓子が送られてきた。ダンボールの中には、菓子と一緒に字の小さな中学生用の国語辞典も入っていた。

母親は、菓子を自分の家族と、叔母の家族とに等分したあと、「これは治雄ちゃんに使こてもろて」と、国語辞典を叔母に渡してしまった。従兄弟の治雄は文子と同い年だった。

一日遅れに父から文子に手紙が届いた。

父は手紙の中に、自分のことを父と呼ばず小生と呼んであった。小生。なんとなく意味が分かるが、はっきりと分からない。辞典で調べた。小生とは「私」と書いてあった。

「なーんや、私か」

父が、自分のことを父と書かず、あえて小生と書く気障を、子どもだましを、文子は文子なりに分別した。

手紙には近く大阪に帰ると書いてあった。勉強せよとも、お母ちゃんを手伝えとも、妹を大事にせよとも、送った辞典をすぐに使えとも書いてあった。

しかし、どれも父ではなく、小生のことばであった。

文子はもし友だちがいたら、「私のお父ちゃんは、子どもへの手紙に、自分のことを小生と書く人なんよ」と云ってみたいと思った。もし友だちが、「小生って何」って聞いてきたら、「わたし」と答える。

手紙を三回読んだ。もう一回読もうと封筒から出しかけたが止めた。何度読んでも小生は小生でお父ちゃんにはならない。

梯子段を下りた。母と叔母の話し声が聞こえた。

「美っちゃん。覆水盆に返らずやで」

玄関先の板間に菓子盆を挟んでいる。くつろいでいるのか。二人は横座りになっている。

左手に載せた菓子を一つ口に含んだ叔母は、下りてきた文子に気づいたのか、気づかないのか話し続けている。

母は黙ったままだ。笑っているのか、いないのか。あいまいな顔でしきりに首を縦に振っている。

「兄ちゃんも悪いけど、あんたも、美っちゃんも世間知らずやった。兄ちゃんみたいな人は最初が肝心やったけど、最初に間違うてもたんやなあー。子どものためには、あるとき正月の、お金を持ったら贅沢三昧して、あとは乞食の兄ちゃんは毒や。子どもらの行く末にはようない。自分の兄やから悪うに云いたないけどなあ…。それになあ。ここまでこじれてしもうて、いまさら一緒にやっていけるか。なあ、美っちゃん。どない思う」

「……」

夕方の四時すぎ、突然、父が帰ってきた。

その日の夕食は、下の部屋で父を交えて叔母一家と共にした。

叔母はいつもより嬉しそうで、父を迎えた喜びに少し上ずっていた。

膳の上には、正月しか食べられないようなものがたくさん並んだ。それに、叔母の文子を呼ぶ声が、いつもの「文ちゃん」と違った。少々甘ったるい。文子はちょっと気持ち悪かった。

昨日までの父を知っているわけではないが。父も昨日までの父と違うような気がした。最近流行りなのだろうか。ナイロン生地の網目のシャツを着ていた。よく似合っているが、父親的ではなかった。それに、頭の中に思い描く父より、眼の前の父の方が大分とハンサムだった。

最初のうち、そんな父に対して人見知りしてか、はきはきとものが云えなかった。時間が経つと、やはり昨日までの父のような気がした。しかし、どこか、違うようにも思えた。

順子は父のあぐらにすっぽり座っている。そんな順子を見て、「順子はまだ小さいから、分からないのだろうか。お父ちゃんは小生やのに」と文子はつぶやいた。そして、ときどき、文子は上目遣いで覗くように父の様子をうかがった。

父は歯をむき出して、ハンサムでない方の顔で笑っている。

母の隣にくっついて座っている澄子を見ると、澄子も誰かに気づかれないように、気を配りながら、ちらちらと父の様子を見ている。

いとこ二人は、家の中でも映せるカメラで、父を撮ったり、おかずを撮ったりしていた。

「兄ちゃんが二階、屋根裏におるときやった。夕方大雨が降ってきてなあ。あの大雨の中、兄ちゃんはほとんど濡れんと帰ってきたのに、うちのは」

叔母は叔父の顔を覗きこんで話を続けた。

「ぼとぼとに濡れて帰ってきはった。このひと、濡れてない兄ちゃんを見るなり怒りだしてなあ。兄ちゃんにだけ傘持っていったやろって、焼きもちやきはって。私は、あの日は頭痛がきつうて、駅まで出るのがしんどうてな、二人とも放っといたんや」

叔父は自分の要領の悪さを、父と比較されているのに、ニタニタ笑っているだけで抗議もしない。

母は、どちらへどのように相槌を打つべきか惑いながら、笑って叔母の話に耳を傾けている。

父は叔母の話に乗せられている。若い人のような、子どものいない人のような顔をしている。有頂天になっている。

そんな大人たちの様子や声に浸かりながら、文子は声に出さず、口の中だけで小生と呟いた。そして、いとこの眼を気にしながら、ロースハムを口に入れた。

夜中眼が覚めた。

父と母は一つ布団の中にいた。確か、父は叔母たちの部屋で寝ているはずだが、と訝りながら耳を澄ました。

母は泣いていた。

その母に父は何やら小声で云っていた。聞き取ろう聞き取ろうとしながら、文子はいつの間にか眠ってしまった。

翌日、早足で学校から帰った文子は、叔母の家に父を探した。屋根裏部屋も覗いたが、父の姿はなかった。

母にはない、父の持っている祭りのような華やいだものが、まだ家の中に残っていないかと、大人びた顔をして、もう一度、奥の手洗いまでいき、また屋根裏部屋に戻ったが、父が来る前日より、誰もいない家は静かで、何の変化もなかった。

4

その日も、その次の日も母親は男物の大きな茶碗に飯を盛った。

そして、その次の、次の日、手元がどう狂ったのか。母親は飯を盛るとき、一固まりの飯をこぼしそうになった。慌てて、杓文字で受けようとしたが、受け損なった。飯粒が茶碗のへりにいっぱいついてしまった。

顔を右に屈め、左手に載せた茶碗を頭の高さまで持ち上げて、母親はへりについた飯粒を指先で摘んでは口の中へと入れた。

ちょっとそっ歯の母親は、下の歯を受けるように出して、すぐに飯粒を嚙むでもなく、口のなかへほろほろと入れた。さも当たり前のように、真剣に続けられた。

やっと、へりについた飯粒がなくなると、口に含んだ飯粒を嚙みながら、母親はとん、と音を立てて、茶碗を膳の上に置いた。

数日経った夕暮れどき、小学校へ続く細道を、文子はリヤカーを引いていた。

もし、孫が病気にでもなったら遣え、とタエから与えられていた金を母親はアパートの権利金に当てた。

病気になったらなったときだ。なったときに考えよう。

母親は引越しを決心した。

リヤカーには粗末な家財道具が積んであった。文子がリヤカーの把手の内側に入り、母親と二人の妹が後押しを引き受けていた。

文子は、ふっと、うしろを振り向いた。

母と、妹二人の背後の西空が真っ赤に焼けていた。

告ぐ

いよいよその日が来た。

「あんたら父娘が会うのもこれが最後になるかもしれない」

父方の叔母が、祥子たち姉妹三人に集合命令をかけてきたのは、父と母が正式に離婚した翌日のことだった。

父にとってその離婚は、永らくつきあい、一緒に暮らしてきた女性と戸籍上再婚するためのものであった。

いまさら、打ち揃って父に会う必要などないのかもしれないが、祥子は出席すると伝えた。母と暮らす妹二人も出席するように聞いている。

集合場所は叔母の家を指定してきた。集合時間は十二時だから、十時半に部屋を出れば、充分間に合う。

洗顔を済ませると、祥子はベッドの横に据えてある鏡台にパジャマのまま向かった。さっき、スイッチを入れたばかりのウインドファンが人工の風音を立てている。風音は寝不足のどんよりした瞼の裏を不快に撫ぜてくる。

鏡台から一メートルほど離れたところに、デコラ張りの水屋が置いてある。このオレンジ色の小さな水屋は、以前、男と暮らしているとき買ったものだ。

水屋の上の置き時計は九時半を少しまわっていた。夜中三時ごろに寝る祥子にとって、いつもなら、やおら起き出す時刻であった。

日ごろ、小説本やら週刊誌を読みながら、切りのよいところに来ると《そうだ、あたし、化粧中だった》と俄にうつむけていた顔を鏡に戻して、とろとろした手つきで口紅を引いたり、頬紅を刷く、自称、一時間以上費やして顔を作り上げる《ながら化粧》をするのだが、時間が切られている今朝はそういうわけにいかない。

鏡台に向かって正座などして青膨れた顔にファンデーションを何重にもこすりつける。しかし、身についた《ながら化粧》の癖が出てくるのか、祥子はふと手を止めて乱れた部屋を見渡していた。

ベッドの上の掛け布団は半分床に垂れ下がっている。橙色に黒と深緑の太い棒縞模様の入った二人がけ用のソファーの上には読みかけの本やら週刊誌が雑多に積み上げてある。

少しは独り暮らしの女の部屋らしく、くつろぎを楽しもうと狭い部屋に押しこむように購入したソファーだが、近ごろは、完全にもの置き台に変貌してしまっていた。

奥の簞笥置き場に使っている三畳ほどの小部屋と、いま祥子が座っている六畳の部屋との境の鴨居には安物の洋服がカーテンのように吊り下がっている。洋服簞笥の中はかさ張る冬用の服で満たされ、目下飽和状態である。収容できない春から夏にかけての洋服が吊ってあった。

父が仕事を辞めてからは、憑き物が落ちたようにそのビルに足を向けなくなったが……。それらの洋服は父の勤め先のあったショッピングビルで買い求めたものがほとんどだった。

半年前の三月、停年（五十五歳）で辞めるまで、父はそのビルの地下一階のレストランでマネージャーまがいの仕事をしていた。十年くらい勤めたのだろうか。職場を転々とする父としては長い方だった。

祥子は給料日の翌日になると、食費代と家賃だけを残して、部屋を出る。そこの三、四階のブティック街に出向いて洋服を買うためだ。

その買いあさりの様は宵越しの金を持たないなどといった小気味いいものではなかった。どちらかと云うと、欲望のままに、無駄に金銭を遣うという、しみったれた罪悪感にそそのかされたもので、心は落ち着かず、わけもなく浮足立った。都心にあるそのビルは、彼女の職場と同じ街にある。住まいから地下鉄線でひと駅のところだ。

部屋を出て駅まで十分ほど歩いて、地下鉄のホームに下り三分電車に揺られ最寄りの出口を出て歩いて五分、計三十分もあれば行けるのだが。その行程を踏む心の余裕もない祥子は、昼食もそこそこに、飛ぶようにタクシーを拾い、ショッピングビルに向かった。

タクシーの中でシートに軽く腰を預けていると、頭の中をカラフルな色や暗い色が駆け巡った。一週間前、道ですれ違ったきりっとした四十くらいの女性の着ていた洋服が目の前をちらちら行き来した。

「あたしはしがない蕎麦屋の店員だけど、あの人はどんな仕事をしているんだろう」

祥子は子どものころから自分より年上の女性を観てしまう。真似をしてしまう癖があった。それは、自分の今という瞬間を持て余して、今を自分のものにできないせいかもしれない。

どうしても、あの、道ですれ違った女性が着ていた黒のシースルーのブラウスと長めの青色のコットンのスカートが欲しい。何がなんでもあれと同じものが欲しいと、身体の奥に眠っている欲望をこれでもかと掘り起こすのだった。

今では店員の人とも顔なじみになってしまった世起という名前のブティックに足を踏み入れる。

浮ついた気分で安物のブラウスやらタイトスカートを手に取る。試着室で着替えるのももどかしく、胸元に洋服をあてがって「これも入れといて」と中年女のような蓮っ葉な声を響かせる。

そのくせ支払いも済ませ、「ありがとうございます」の声に見送られるころには、気弱く正気に戻り、身体はわけもなく空虚だけを抱えていた。

金を使い果たすと、地下一階まで下りて、父の店に立ち寄る。只のコーヒーを飲む。「もう一杯飲むか」と訊かれると、ずうずうしくコーヒーのお代わりまでした。

父の働くレストランは土日祭日を除く平日は二時から三時にかけての時刻、客がほとんどいない。黒のダブルのスーツに蝶ネクタイを結んだ父は、店の中央に置かれた大きな大理石のテーブルに向かって足を組んで、いつも座っていた。上背のある父は、かなり嵩高いのだが、剽軽な置物のように店内に溶けこんでいた。ゆったりと煙草をくゆらせていた。煙草は缶入りピースだ。

祥子はその父を前にして、買ってきたばかりの洋服を、

「これ安かったんよ」

「これ幾らと思う」

まるで恋人にでも甘えるふうに次から次へと取り出して披露した。大理石のテーブルにディスプレーするように並べ立てた。

洋服に合わせて履く靴やら持つバッグにまで気を廻す才覚も心の余裕もなく、両手にかさ張った紙袋をだらりと提げて、結局いつも見栄えのしない洋服姿で目の前に現れる娘を、父はいつも呆気に取られた顔つきで眺めていた。

祥子が十歳の時、家族を捨てて出奔した父だが、母とは離婚するまでに至らず、ときどき、子どもとは会う関係を続けてきた。父に直接問いただしたことはないが、どうやら賭け事と女問題でしくじっては職場を転々としてきたようだ。母の愚痴を聞きながら、離ればなれで暮らす理不尽について詮索した時期もあったが、自分の家族は

こんなものだ、と受け入れる年齢になっていた。

半年前の停年時にも、父は借財でひと悶着起こした。店の誰彼から小金を借りていたらしい。そのときは母ではなく祥子が直接悶着に立ち会うことになってしまった。

父の紹介で蕎麦屋のレジ係として働くようになったのは祥子が二十五の誕生日をひと月後に控えたころだった。

蕎麦屋は父の職場から歩いて十分もかからないところにあった。

当時、祥子は二年ほど休学していた大学に復学したものの、ほとんど学校には通わず授業料と僅かな生活費を捻出するためのアルバイトに明け暮れていた。アルバイト先は、はやらない喫茶店だったり、駅前の中華料理店だったり。

たまたま友人の母親が経営する化粧品店に三月も働き続けることになり、案外化粧品の販売が自分には向いているのではないか。半ば諦めぎみに、そろそろ大学は止して心機一転これを定職にしてみようかと思った矢先、風邪を引いた。九月だった。三年ほどつき合っていた男と別れて半年ばかり過ぎたころでもあった。

男との別れをまだ受け入れられずにいた祥子は、自分の中の未練と、重しを失ってしまった心を持て余していたせいか、夏の盛り、熱の出るのにも気がつかず、働き続けた。気がついたときには熱は下がっていたが、しつこい咳に取りつかれた。夜、夜具にもぐりこむと待っていたかのように咳が出た。咳との格闘がはじまった。左右の肩甲骨がひりひり痛み出すまで咳続けていると、根負けしたように眠気がさしてくるのだが、そこで気を許すと、収まりかけていた咳がまた襲ってくるのだった。咳は睡眠不足と男との別れで弱ってしまった心身に将来への不安まで呼び起こさせた。

こんなことを続けていては危ないと、祥子はアパートの家賃を三カ月分まとめて払っておいて、不承不承母のそばで養生することにした。母の家で寝るのは二年、いや三年ぶりだった。母の家を出るきっかけはちょっとしたことばの諍いが原因だった。

一人で行くのはいやだという女友だちのはじめてのデートに妹格でつき添った晩のことだ。はじめて呑む洋酒は喉に甘かった。紫煙に絡む光線の交錯する洋酒バーは衝撃的でまだ恋人のいない祥子に、まるでいるような錯覚をさえ起こさせた。結局、妹格の役割は果たせず、手前に引いた手洗いのドアに出合い頭にぶつかってしまうほど酔ってしまった。

額に瘤をつくって家に帰ると、母は居間でしんねり待っていた。

「学生の分際でその様はなんや、お母ちゃんは、酒を呑んで酔っ払って帰ってくる娘に育てた覚えはない、今日は泊めてやるが明日は出て行ってくれ」と喧嘩を売ってきた。高校生のころから、《いつか家を出てやる》ともくろんでいた祥子は「ああ出て行きますとも、でも今夜だけは泊めてください」と啖呵を切って、その翌日から帰らなくなった。関西の大学でも全共闘運動がはじまっていた。そのせいか、寝泊まりするところに不自由することはなかった。家を出た彼女は学校の女子寮や女友だちのアパートを転々とした。あと男が暮らすアパートへ押しかけて行った。

母の家に来てからも咳は止まず続いた。寝る直前とか真夜中になると発作的に起こる咳に母や妹たちはやきもきしていた。病院に行けというのにいっこうに腰をあげようとしない祥子に、母は「百日咳かもしれない」と繰り返し云った。ちょうど咳出して百日目ごろ、妹の聡子を通じて、父が祥子に仕事の話を持ってきた。年の瀬も押し詰まっていた。

父とは久しぶりだった。

父は地下街にある廉価な輸入肉を扱うステーキハウスに祥子を連れていった。咳でやつれきった彼女になにはともあれ体力と、血の滴るサーロインステーキを馳走してくれた。食事中二人は無口だった。

食後、とぼとぼ父のうしろにしたがって歩いた。

《仕事は蕎麦屋のレジだと云っていたが、その店はいったいどこにあるのだろう》

地上に出ると、構内の通路の右手と、それから通路の中央の二カ所にベニアで囲った工事現場があった。

「新開店と云うていたがここらかな」と、張りつけてある工程表に眼もくれないで、父は小さい方の囲いのベニア板をとんとんと叩いた。

もしこの小さい方の囲いならせいぜい立ち食い蕎麦屋だなと思ったが、それ以上深く詮索しなかった。まあいいか。今は食べていくこと。厄介になっている母の家からとにかく出ることが先決だから……と。

踵を返した父は、ジャズでも聴いているふうに、太い腰を左右に少し揺らして前をすたすたと歩いて行った。

そして、うしろにしたがう祥子を無視して、まるで独り言のように、いや自分の吐き出すことばに酔うようにしゃべった。

「水商売ではな、十二月に遊んでいる奴は屑と云われる、屑にはなるなよ」

「おまえの場合は嫁にいかんでもええ」
「しかし、色も欲しい、金も欲しい、名誉も欲しいではあかんぞ」
「どれか一つだけを欲しがれ……」

薄暗い通路を抜けた二人は国鉄の高架下の立ち呑み屋の前まで来た。その店の中は、男たちで満員電車のように一杯だった。その中を泳ぐように一際色の白いすらっとした女が立ち働いていた。白い制服のようなものを着ていた。《まるで男学校の先生みたいだ》と思ったときだった。父は立ち止まってその女に親指を立てて合図を送った。すぐ通じたのか女は親指を立てたあと、顔の前に持ってきた右だか左の手を左右に振った。後に分かったことだが、祥子が面接を受けることになっている目当ての人、彼女の夫である社長はいないと云う合図であった。

結局その日は履歴書を女に渡すだけで帰ってきた。

年が明けると、通路にあったベニアの囲いは取り払われた。大きい方の囲いは五軒ほど店舗の続く食堂街に面変わりしていた。小さい方の囲いは地下に潜る階段だった。新しくできた食堂街の中の一軒で働きだした祥子は、父に「嫁にいかんでもええ」

と云われるまでもなく、意思は結婚には向かわず、男を頼らずに生きる方に傾いていた。

その蕎麦屋は客を五十人ほど収容できる大きさで、店の玄関の横には水車が据えつけてあった。田舎で実際廻っていた水車を運んできたらしいが、止まったままだった。仕事内容はレジ係と聞いていたが、注文取りもお運びも店の掃除も蕎麦打ち機の掃除も祥子の仕事となった。

《足の踏み場もないほど散らかった部屋を少し片づけてから行きたいが》

まもなく十時だ。着ていく洋服もまだ決めていない。

妹たち、聡子と章子は来るのだろうか。

鴨居に吊るした洋服の中から、グレーに白の水玉のワンピースを手に取ると祥子は呟いた。

母は「私は遠慮する」と云っていたが、叔母の家に父のその結婚相手の女性とやらは来るのだろうか。もし、来たら、遇ったら、どんなあいさつ、ことばを交わせばいいのだろうか。

父と母が別居の形はとってはいるものの戸籍上夫婦のままで通してきた理由は、結局何だったのだろう。娘三人が結婚するまでは、とは聞いたこともあるが、それも両親の揃った席で聞いたわけではなかった。

父は長女の自分に、最愛の娘に遠慮して離婚できないのではないかと、何度も思ったり考えたりしたこともあったが、今となっては、単なるひとり相撲。

鏡にうつる流行のワインレッドの口紅を差した病的なほど陰気な顔を見つめた。

見つめながら、妹の章子が結婚費用として貯えた金を父がせびりにきたときの顚末を思い出していた。

父の面前で次から次へと、洋服を買いあさる祥子に貯えがないのを承知だったのか、停年と同時に賭け事を巡る借財に追われた父は白羽の矢を章子に向けてきた。末っ子でそれなりに大切に育てられ、二人の姉にも母にも護られてきた章子は、貧乏人のお嬢さんに成長してしまった。妙に鷹揚なところがあり、「お父ちゃん困ってて可哀想や」とセンチに通帳と印鑑を渡してしまうところだった。「何をナマチョロイことを」と、ひと足違いでそれをくい止めた。

あの日、「章子、これはあんたが貯めたあんたのお金やで、お姉ちゃんが預かっておく」と妹から取り上げた通帳を、諦め切れず父は仕事先まで奪いにきた。そのときの父は見たこともないほどやさしい顔をしていた。

蕎麦屋の玄関の横の壁に凭れた祥子はそのやさしい顔が怖かった。なるべく見ないように、やさしい顔に負けるまいと、泣きながらしどろもどろに訴えた。

「お父ちゃん、お父ちゃんも子どものとき、お金をせびりにくる父親から逃げたんやろ。なぜ同じように愚かになるの、父親と同じになるの。わたしは、お母ちゃんみたいに賭け事をするななんて云わへん。けど、こんな惨めなこと、惨めな連鎖は止めよう、もうわたしとお父ちゃんの代で止めよ。止めようよ」

父は肩を落として、いつもの顔に戻って、祥子の前から去っていったが、結局は祥子の働く蕎麦屋の経営者から金を借り倒して、窮地を脱出したらしい。

そんな形で父が娘の祥子を売ったと聞いたのは何年か経ってからだった。「あんたら父子はいつから離れて暮らすようになったの」と、うさん臭い顔で会社の常務から聞かれたのは、あのころだったかと苦く思い出したものだった。

叔母の家に集まったのは結局祥子だけだった。父の結婚相手の女性も来ていなくて、座の取り持ち役の叔母もどことなく拍子抜けした様子だった。

帰って行く父を叔母と二人で見送ろうと、玄関を出たところで、「あっそうや、兄ちゃんに渡すもんがあんねん」と叔母は家の中へ駆け戻って行った。

玄関先で父と祥子は二人切りになった。

祥子はしばらく父を見上げていた。何か云うことはないかと考えながら鞄の中に手を入れた。財布を取り出すと、「これ、餞別」とそれをそのまま渡した。幾ら入っているかよく覚えていないが、たいした額でないことは確かだった。

「そうか、もろとくぞ」と父は口を歪めて笑った。

もう生きている父に会わなくても、なんとかやっていけそうだと云おうと思っているが、気の利いたことばが浮かんでこない。

顔を見上げていると、

「おい！」と父は云った。

祥子の眼から視線を逸らして垣根を眺めた父は、

「その資生堂みたいな化粧なんとかせい。結婚せんでいいが、その濃い化粧はいかん、まともな女の化粧と違うぞ」

化粧品店で習い覚えた年齢より老けて見える陰気に背伸びした化粧法を責めてきた。

「うん、分かった。そのうちなんとかする。じゃあ」

と云っていると、叔母が出て来て「兄ちゃん、これハルコさんになっ」と紙袋を押しつけるように父に手渡していた。

冬の花火

十二月三十一日。午前十時過ぎ。

祥子は旅行鞄の中に二泊三日の旅に携えていく着替えを詰めこんでいた。

「温泉に入る度に下履きは洗うから、二枚もあれば足りるかな」

呟きながら、それでも余分に二枚、合計四枚の下穿きを鞄にいれた。

階下では、ドアを開け閉めする音が二度ほど立って、そのあと板の間を歩く足音が騒がしく続いていた。

この十五年、娘に連れられ旅先で正月を迎え続けているのに、三十一日には三十一日の仕事があるのか。階下の母は忙しげだ。出掛け前のせわしない刻なのにゴマメを作っているのだろうか、正月用の花を活けているのだろうか、それともまだ黒豆を煮ているのだろうか。

その足音は別段規則正しくもなかった。弾みがあるわけでもなかった。しかし、こうして耳を澄ましていると、だんだんに新年を迎える足音めいて聞こえてくるのが不思議だった。

祥子は支度の手を止め、しゃがんだままの姿勢で机の上に手を伸ばした。ＣＤプレーヤーのリモコンを摑むと、スイッチを入れた。少し音量を上げた。

父がまだ家にいるころも、父が女を作って家を出てしまってからも、三十一日になると、台所には正月の準備に打ちこんで働く母の姿がいつもあった。

器用でない母は早朝からかかりきりになっていた。汚れた茶碗や日ごろ使わない大きな鍋が流しに山積みになっていた。手のつけようのないほど乱雑な水廻りの中で、母には母なりの仕様があるのか、顔を紅潮させ大きなため息をついたり、口をつぐんで歯を食いしばってみたり、途中で投げやりな素振りをみせたりしていつまでも仕事を続けていた。その姿は主婦という特権を行使しているかのように、我がままにも浅ましくも見えた。憑き物につかれたようにも見えた。

狭い家の中は甘辛いにおいや甘酸っぱいにおいやらが立ちこめていた。ちゃぶ台の上には洗ったばかりの重箱が並べてあった。そして部屋の隅には細長い餅箱が二、三段重なって置かれていた。もちろん、祥子たち子ども三人の三度の食事の支度もそこそこだった。味見や失敗作の片づけで簡単に済まされた。

日ごろ、台所で立ち働く母の姿を見てもさほど気にかけることもないのに、妙に三十一日だけは早くその呪縛されたような仕事姿の母ではない母、いつもの母に戻ってほしくて「なにかお手伝いさせて」と、そわそわと何度も母の手元を覗きに行ったものだ。どちらかというと、妹二人に比べ、べたべたとした間柄の母娘ではなかったのに、その日だけは纏わるように母の邪魔をしにいった。あれは、翌日にはいやでも訪れる元旦がただ待ち遠しかったからだろうか。それだけだったのだろうか。

「そうだ。今日着て行く黒のコートにスチームだけでもかけなくっては。吊り皺《じわ》が入っているはずだ。何時の電車に乗れば間に合うと云っていたのだったか。切符は母が持っている。階下に下りたらもう一度確かめなくてはいけない」

祥子は声に出さず呟きながら腰を上げた。

洗面所でクレンジングクリームと洗顔クリームを小さな器に小分けしたあと、彼女は台所を覗いた。

「お母ちゃん、何時に家を出たらいいんやったかな？」

コンロに向かっている母の背中に声をかけようと思ったが止めた。

案の定、母はゴマメをフライパンで炒っていた。

卓の上にはアルミのずん胴鍋が置かれ、既に黒豆は煮上がっていた。黒豆の出来具合を覗いてみると、今年も失敗したようだ。劣性遺伝のような皺が豆の表面に入っていた。

祥子は母のそばを離れ、十年ほど気ままに暮らす時期があった。

その間、こんな母の姿を見ることもなかったが、こうして見ていると、どういうわけか、背中を押されるように子どものころの気分に落ちていった。

条件反射だろうか。早く正月準備など終えて欲しくなるのだった。

祥子は、好きになった男ができたとき、こそこそと逃げるように母の住む家を出た。長女として育ったせいだろうか。それとも、父のいない家で成長したせいだろうか。母を捨ててからでないと男に打ちこめないものを抱えていた。そして、その好きになった男と別れたあともすぐには母の住む家に戻る気にはなれなかった。

食べ物屋で働きだしたのは男と別れて一年ほどしてからだった。そのときは、たいそうにも、結婚もせず、男に頼らず生きるのだから、心も身体もふわふわと着飾るまいと誓っていた。食っていけたらそれで充分と、とびこんだ職場だったが、働くうちに何度か仕事に救われて、仕事に乗り越えられる醍醐味も味合わされて、今では店長と呼ばれるまでになった。

五十三になるまで、お節の支度に一度も手を染めないまま過ごしてきたが、職業柄、料理のこつだけは心得ていた。

「ぜんざいを炊く要領で鍋にたっぷり水を入れたら皺がはいらへんのに」

毎年、忠告するのだが、頑固者の母は娘の助言を聞くだけで、実行しようとしない。

黒豆を一つ摘まんで、もう一度母の背中を見た。

母の左肩、肩甲骨の上の瘤が眼にとびこんできた。拳ほどの大きさの柔らかそうな塊だ。悪性ではないので取らずにおいてあるらしいが、祥子はセーターを押し上げる塊を見ると、つい母の命のことを考えさせられてしまう。母とは二十違いだからもう七十三だ。

母が亡くなったら自分はどうするのだろう。

台所に立って、三粒も食べたら堪能してしまう黒豆を炊くのだろうか……。

「去年と同じ一時に出たら間に合う?」と声を掛けると、「一時で充分間に合うやろ」

と振り返りもせず、少し居丈高に母は応えた。

二時過ぎ、大阪駅に着いた。

売店でお茶と使い捨てのカメラを買っていると、サンダーバードが入ってきた。片山津には二時間と少しで着く。

三時間ほど前に蒸気で皺を伸ばしたばかりのコートを、さもそうではないふうに脱ぐと、母の黒のコートも重ねて頭の上の棚に載せた。

「鞄も置こか？」

「悪いなあ、置いてくれる、あっ、ちょっと待って」

母は甘えるような鼻声を立てて、中からポーチを取り出し、それから祥子に旅行鞄を手渡した。下着しか入っていないのか、軽かった。

京都から乗る人が多いのだろうか、車内は空いていた。

老眼鏡と文庫本を取り出し読みかけると、母もポーチの中から本と老眼鏡を取り出し読みかけた。日ごろ本など読まない母が隣の席で娘を真似て格好をつけはじめた。

母のコートを孝行ぶって物置に載せるのも、二人並んで本を開くのも、母の甘え声を聞かされるのも毎年同じ繰り返しなのに、毎年同じように背筋が寒くなるほど気恥ずかしくなる。

この恥ずかしさはなんだろう。この隣の席に並んで腰掛けている母の腹の中から産まれてきたことを思い知らされる恥ずかしさだろうか。

父親似の祥子は母とは全く骨相が違う。しかし、一つ屋根の下で同じ物を食べて暮らす者同士の相似性やら、においやらは隠すことができない。誰が見たって母と娘と思うだろう。孝行娘振りを誰か知らない人に盗み見られる恥ずかしさかもしれない。結婚もせず辿り着いた先で、ただ行き当たりばったりに母に寄り添って時間を稼いでいるだけなのに……。そんなことを考えながら開いた本の字面の一行を行きつ戻りつしていると、祥子はまだお節のことに囚われている自分に気がついた。

お節作りってなんだろう。

単なる祭り事の御馳走作りだろうか。男社会の中で女が誰憚ることなく勝ち取った特権のような気もする。女の見栄のような気もする。母なら娘たちがいなくとも、夫がいなくとも、大晦日がくると狭い台所で何の抵抗もなく、当たり前のように正月の準備におおわらわになりそうなところがある。お節作りに没頭する母を疎ましく思うのは、なんの苦もなくお節作りを身体の中へ取りこんだ同性への嫉妬かもしれない。しかし、あそこまで浅ましく憑き物めくのは、いや、憑き物につかれたように見えたのは、男運悪く、夫に逃げられたせいかもしれない、と再び子どものころに見た母の姿を思い浮かべた。

長女の祥子を膝の前に座らせて、父への不満も綯い交ぜて小言を浴びせてくるときとそっくり同じ顔をして母は台所に立っていた。

父方の叔母はそんなふうに憑き物につかれたふうには見えなかった。母と違って叔母は、正月の準備も料理もまるで忍術使いのようにさりげなくこなしていた。

確か、二十代のころだった。一度だけ、都合も聞かず叔母の家に行ったことがあった。大晦日だった。

母の住む家を出て二年、いやもう三年は経っていただろうか。母を捨ててでも一緒になりたいと望んでいたのに、すでに男とは別れ話以外根をつめて話せなくなっていたころだ。

その日は、男に会うにも連絡が取れず、お節を作る才覚もなく、何の衝動も起こってこず、さりとて部屋でじっとしているのも落ち着かず部屋を出た。

ふらふらと人形浄瑠璃を観にいった。題目は曾根崎心中だった。劇場は意外にも満席に近く、五十近い夫婦者も、老夫婦も座っていた。独りで来ている女性もいた。この忙しい時分に自分によく似た過ごし方をする人もいるものだと感心したものだった。

劇場を出たのは何時だったか。夕方の四時は過ぎていたように思う。そのまま部屋に戻る気にもならず、母の家に帰る気にもならず、その足で父方の叔母の家まで行ってしまったのだった。

叔母と逢うのは久しぶりで、

「どしたん、祥子ちゃん」

突然の姪の訪れに最初叔母はびっくりしていたが、いつしか子どものころのように屈託なく扱ってくれた。

「子どものころ、正月にはいつも遊びに来てくれとったのになあ」

打ち解けようと叔母は話しかけてくるのだが、その糸口にどうしても入って行けなかった。ぎくしゃくしたまま炬燵に、軽く膝を預けて、テレビの画面を睨んでいると、叔母はこそこそと席を立っていった。台所で一仕事して居間に戻ってくると、作り立ての昆布巻きを披露して、お茶うけに宛てがってくれた。

あの日、帰る間際にまだ男となんとか連絡を取りたくて、叔母に断って電話を借りた。

受話器を持つ手を震わせまいと堅く握って、

「もしもし」

男が出てくれるのを待ったが、電話に出たのは女の声だった。どうやら彼の妹ではなく母親のようだった。

男が祥子の親友ともつき合っていて、そして親友は彼の子どもを身ごもったらしいと聞かされたのは三月前だった。

祥子は自分の方から別れ話を切り出した。身を引こうとしたにもかかわらず、やがて、いやでもやってくる別れに怯えていた。憶測と被害妄想と不安で凝り固まっていた。それで、「もしもし」と女性の声を聞いたとたん、何もしゃべらず電話を切ってしまった。

あのとき叔母は、何かを察したかのように、傍らで見て見ぬふりをしていた。叔母の労るような控え目な眼差しを受けて身体中の皮膚がひりひり痛かった。労られるということがこんなに痛いものだとはそれまで知らなかった。

以来、再び母と暮らすようになるまで、大晦日から正月にかけて、いつも独りでなんとかやり過ごしてきた。

毎年十二月三十一日の夕方がくると、出なくともいいのにふらっと部屋を出て、祥子の足は街中を歩いていた。

街は喧噪に満ち満ちていた。大きな紙袋を持つ人が祥子の肩先を切るように過ぎていった。道端の隅の方では笑いの渦が弾けていた。「来年もまた商売繁盛」の叫びが、ちょうど耳の辺りで縦横に風を起こしていた。そんな街の中に自分をさらし者にしては、「もう、たくさん」となり出すまで自分をいじめつくすと、次には解決のつかない身体と心を隠すように、祥子はがらがらの映画館へと入っていった。映画館を出たあとは、散らかり放題の部屋に戻ってふて寝するばかりだった。

妻子のある男に誘われるままに寄り添う時期もあったが、大晦日を、元旦を一緒に過ごしたいとまで傾いていくことはなかった。母と暮らすようになってからも、正月の準備を手伝うこともなく、足は依怙地なほどに映画館へと向かっていった。

そして、母の定年を機に大晦日と元旦を金で買うことを思いついたのだった。

うとうとしていると瞼の奥が刺すように痛くなって眼を覚ました。窓の外は一面の雪だった。

どうやら湖西線の最初の長いトンネルを抜けたようだ。暖冬の年でも例年ここだけは初雪が溶けずに残っているのだが、今年はことのほかたっぷりとした雪景色だった。

《雪明りが眼の奥を刺してきたのか》

通路側に座っている母を見るとまだ本を読み続けていた。

一年に一度の旅先を片山津に選んだのは、父が琵琶湖のほとりに暮らしている、と叔母から聞かされたからだった。父と母は祥子が二十九のとき正式に離婚していた。父は母とは一回りも若い女と暮らしているとか。

「お母ちゃん、お父ちゃんこの辺におるんやろか」

「どの辺やろ、この辺やろか」

「……」

「あんたらのお父ちゃんは器用な人や、この間叔母ちゃんが云うてたけど、このごろは畑仕事もしてるらしいで、相変わらず近所の金持ちをたぶらかして掛けマージャンもやってるらしいで、あの人は好きなことをして、悪いことを一杯して、それでも他人さんに好かれるところがあるから得な性分や」

「そやね、そんなとこある。そやけど、お父ちゃんって案外にあかんたれのとこもある。そやから、大阪に近いとこ、一時間もあれば行ける琵琶湖辺りに住んでいるのかもしれへん。よう遠いとこへいかんのや」

「祥子、もしお父ちゃんに逢いたかったら私に遠慮せんと逢いに行ってええんやに、私とは血の繋がりがない他人やけど、あんたらにとってはお父ちゃんなんやからな」

このごろは旅馴れて、父のことをこんなふうに母としゃべることもなくなった。

サンダーバードという居心地のいい列車で運ばれるせいか、それとも年齢のせいか、眼を凝らして琵琶湖を眺めることも少なくなってしまった。雪の光は眼を刺してくるが、雪を見てもなにやら写真か映像を観ているような感じだ。雪の暗さも寒さも冷たさも、十年ほど前のように身体にはもう添ってこなかった。

「片山津は雪やろか」

呟いたが、聞こえなかったのか、母の返事はなかった。しばらく本の続きを読んでいたが、また眠気が差して来て、祥子は老眼鏡を外して眼をつむった。

「今年もよろしくね」

部屋係のカズさんの案内で、いつもの離れの部屋に通された。

「また一年経ちましたね、今年もお世話をかけます。カズさんはお元気でしたか、ちょっと肥えはったんですか」

母とカズさんの会話を聞きながら祥子は縁側に立って庭を眺めていた。

この辺りは年々雪が少なくなっているらしいが、それでも年を越すといやでも降り積もるらしい。庭の植木の雪支度は終わっていた。枝には縄が張られ、幹には菰がかけられていた。よく見えないが、庭の向こうの湖面は凪いでいるようだ。

「お母さんもお元気そうで、今年はわたし大雪でこけちゃって足の骨を折りまして、一月休みました。散々でした。こんな大怪我、わたし生まれてはじめて……。怪我がこんなに痛いものだと知りませんでした」

高知出身のカズさんは、鼻にかけた声で少し舌足らずにおっとりしゃべった。

カズさんは祥子たちが初めてこの宿に泊まった年にこの旅館で働きだした。年々少しずつ身体つきはふっくらとしてきているが、顔は少しも変わらないので一体幾つぐらいなのかよく分からない。もう四十になっているのかもしれない。

今では慣れて自分の方からしゃべりかけるようになったが、一、二年目ぐらいまでは酒の注文やら料理の手順をいかにも苦しそうに説明するのがやっとだった。伏し目がちに、まるで逃げるように立ち働いていたのを覚えている。そして、色白の二の腕から手の甲にかけて刃物で切ったようなまだ新しい赤い傷跡が両腕ともに何本か入っていたのも印象に残っていた。その傷口は相当に深いものだったが縫合されたあとはなかった。ぱっくり口を開いたまま肉が盛り上がっていた。

今も抹茶茶碗を並べるのに腕を伸ばすと着物の袖口から傷が覗いている。もう十五年前のように赤くはないが、この傷はなんだろう。骨折を痛がっているが、この傷は痛くなかったのだろうか。痛くない傷もあるものかもしれないとそんなことを考えながら卓の前に祥子は座った。

「それに、今年は女将さんが、突然亡くなっちゃったんです。うちの女将さんはもともと身体の弱い人だったんですけど、とっても頑張り屋なんです。熱があるのに休まず働いて、それが原因で亡くなったんです。カズちゃんカズちゃんて可愛がってくれてたのに……」

いつも白っぽい綸子の着物を着ていた女将は、幾つぐらいだったのだろう。七十になっていたのだろうか。売店などで客と気軽くしゃべっているのを見かけることはあったが、祥子は人見知りからか、しゃべることはなかった。

痩せているせいか、笑うと目尻から頬に沿って深い皺が走った。しかし、その皺は妙にやるせなさ気ではっとするほど、色香のようなものを感じさせた。一月二日、旅館をあとにするとき、たいした上客でもない祥子たちに女将は身体を直角に折り曲げ、深く頭を下げて、いつも見送ってくれた。

「そう。そうでしたか、大阪の知り合いの方からここの旅館の誰かが亡くなられたとは聞いていたんですが、まさか女将さんが亡くなったとは知らなかった。カズさんさみしくなりましたね」

祥子が相槌を打っていると、話を変えるように、

「今日の晩、十二時ごろ花火が上がりますから、お母さんもお姉さんも見てくださいね」とカズさんは云った。

「えっ花火、冬に花火」と云いかけたが祥子はことばを飲みこんだ。誰かが冬に地虫が鳴いたら寒すぎると云っていたが、冬の花火もさぞかし寒いだろうと思った。

早々に湯に入ったせいか、テレビを観ながら鍋をつついているとまた眠気が差してきた。飲みつけない酒を呑んだせいかもしれない。

テレビはレコード大賞の選評会のようなことをやっていた。名前は耳にしていたが、まだ見たことのなかった若い女性歌手が映っていた。整形美人というより、コンピューター・グラフィック美人みたいな顔や身体つきをしていた。漫画のアトムを思い浮かべながら祥子は「このごろは何もかも漫画だな」と呟いた。欠伸をすると左右両方の眼から涙が流れた。

母は皿を引きにきたカズさんに「一杯どうぞ」と冷えてしまった残り酒を酌していた。なんだかぎこちない。受ける方のカズさんもぎこちない。二人ともとってつけたような様子だ。

半睡のまま祥子はまた恥ずかしくなった。父に逃げられて三人の娘を育ててきた母だが、いままでよくやってきたものだという感心とも不信とも名付けがたい感情が起こってきた。どこで他人さんに酌することを習ってきたのだろう。

カズさんと母を打っちゃって祥子はたばこ盆を抱えて炬燵の前に引き上げた。

「すいませんね、次から次へと灰皿汚して」

「いえいえ、気にせんといて下さい」

毎年同じように母はカズさんに、何度か謝る。

「いえ、これはわたしの仕事ですから」

祥子は縁側の卓の上の灰皿にも、奥の四畳半の卓上の灰皿にも、炬燵の上の灰皿にも均等にたばこの吸い殻を捨てて廻った。

女がたばこを吸うことを認めていない母は、旅の空、カズさんを味方につけて、ここぞとばかり当てこすりを云うのだった。


目覚めるとテレビは行く年来る年を放映していた。

「そろそろ、お風呂にいこか」

テレビを観ている母に声をかけると、母は娘の誘いを待っていたのか、

「私はいつでもいけるに」と応えた。

渡り廊下の暖房は切れていた。さほど寒くないといっても北国のせいか、透き間風は冷たく透明感があった。小さな窓を覗くと庭の燈籠に明かりが入っていた。赤っぽ

い灯が闇にぽつんぽつんと浮かんでいた。

二階にある風呂場に着くと、薄暗い浴場には三人の人影があった。カランの前の二人はこの宿の従業員のようだ。身体を洗う姿というか、手順が客とは少し違う。妙にせかせかしていて、抜け目のない段取りが備わっている。

湯舟の中のもう一人の白髪の老女は見覚えがあった。確か去年も風呂場で一緒になった。宿をあとにするときにも一緒になった。少し心に病を持っている人のように思えて、はしたないほどに観てしまったのを覚えていた。

薄暗い湯舟でその老女と肩を並べていると、ドンという音がした。どうやら花火のようだ。母はもうカランの前で背中の瘤を剝き出して身体を洗いはじめていた。

大阪で巧みな仕掛け花火を見つけている祥子は温泉町の冬の花火にそれほど期待はしていなかった。それでも音に釣られてガラス張りの向こうの暗がりを見上げていた。花火が上がった。

まだ上がるのだろうか、と暗がりを見ているとまたドンと音が鳴った。

白髪の老女も窓の方へ無心な眼を向けていた。ゆるく口を開け少し顎を上げているので白髪にそぐわないほどあどけなく見える。

赤い糸菊のような花火が上がった。赤い糸は一本一本と血の滴りのように落ちかけては闇にすわれていった。

またドンと鳴ったので闇を見上げた。

老女も見上げていた。

こんな別れ

二月五日は珠子の誕生日だった。

イタリア料理の店で珠子はノムちゃんと向き合ってメインディッシュの猪のステーキを食べていた。

表面はこんがり焼け、ナイフを入れると中の方は桃色の半焼き状態。切り口から点々と血がにじみだしていた。

ニンニクや香草に一晩くらい漬けこんであったのか、癖がなく柔らかい。

舌を嚙みそうな名前の白ワインをもう一本注文しようか、それともビールにしようか、訊こうとしていたら、

「ひょっとするとね。ぼく結婚するかもしれないよ。相手はね、社長も知ってる女《ひと》」

ノムちゃんが唐突にそう云った。

珠子はどきりとした。

ちょうどうつむいて肉にナイフとフォークを当てていたので、珠子はさらに頭を垂れた。

そうすればノムちゃんの眼を見なくてすむ。自分の顔をノムちゃんの眼にさらさなくてすむ。力を抜くと手の先から震えがきそうで、ナイフとフォークを持つ手にぎゅうっと力を入れた。するど、どうだろう、手指とは関係のない足首からすっーと力が抜けていった。足首の周りを涼しい風が吹きまくっている。そんなアンバランスな身体状態だったが、なんとか「あっ、そう」と、応えることができた。

あと一年で珠子は五十五になる。

五十五といえばいい年齢《とし》だ。一人娘も去年嫁にいった。恋だ愛だのの年齢ではない。震えている場合ではない。ノムちゃんもじき四十になる。彼をこのままずるずると自分に縛りつけていてはいけない。自由にしてやらなければ、かねてからそう思っているのだが、まだ恋から足を抜け出せないでいた。

珠子がはじめて彼との別れを考えたのも、やはり二月五日、四年前の五十を迎えた誕生日の夜だった。

その夜、ノムちゃんと二人で寿司屋に行った。

寿司屋での宴も終わった。

いつもなら、その足でノムちゃんの部屋に寄るのだが、悪酔いしたような気がして、寄らずに部屋に戻った。早く風呂に入ろうと、上着を脱ぐなり鏡台の前に座った。

誕生日の宴といっても恋人のノムちゃんにつき添われての、自分への「ご褒美」のようなものにすぎない。店を選ぶのも、料理を選ぶのも、支払いも自分の甲斐性だ。

時計は十時を過ぎていた。

娘は仕事でまだ帰っていなかった。娘には彼女が経営するチェーン店の一つ四ツ橋のコーヒー店を任せてある。ゆくゆくは会社を任せるつもりなので仕事をさせている。十二時にならないと帰って来ない。

「酒豪のあたしが悪酔いするなんて、今晩はどうかしている」

うそぶきながらクレンジングジェルを顔にたっぷりぬりつけた。

ジェルをティッシュでふき取ると鏡に血の気の失せた青白い顔が映った。一瞬眼を背けたくなったが、「これが正真正銘五十の顔や」珠子は逃げないで見つめた。

見つめていると頬骨辺りにうっすらとシミのようなものが浮いているのに気づいた。

「シミやろか」

慌てて鏡に向かって斜めに顔を近づけると、くぼみだった。シミもいやだが、くぼみもいやだと、さらに鏡を相手に自分の顔をあっちに向けたりこっちに向けたりしていると、ふいに「社長」と呼ぶ、さっき別れたばかりのノムちゃんの声が聞こえてきた。

「あっそうか」

「社長か」

「そやったんや、社長や」

腹にずしりとくるものがあって、珠子は膝をたたいた。

今夜のノムちゃんは、いつもとどこか違っていた。

いつも通りしゃべっているのになにやらもどかしかった。

その理由が分かりかけ、摑みかけると、ウナギの尻尾みたいに、逃げられてしまい、酔った頭にはもどかしさだけが沈殿していった。いまやっと、今夜のノムちゃんがどう違っていたかが珠子に分かったのだった。

いつからか。

二人は二人きりでいるあいだはお互い職場での関係、社長と従業員であることはかなぐり捨てて、珠ちゃんノムちゃんと呼び合い、自由気ままに話し合う間柄になった。つき合いはじめからそうではなかったのだが。ごく自然にそうなっていったと、珠子は思っている。

「あんた」「珠子」と呼び合って、時には丁々発止の議論さえするようになった。男と女はそんなもの、そうでなきゃあ嘘だ、と珠子は思っている。それに、会社では社長と呼ばれ、外では、珠ちゃんと使い分け、使い分け合う。そんな関係もなかなかおつなものだとも思っていた。それは甘い秘密の共有だった。

むろん、秘密といっても、その秘密はあくまで当事者同士の主観であり、周りの人間で二人の関係を知らない者はいなかった。公然の秘密であった。

そんな仲だったはずなのに、今夜はどうしたものか、二人きりなのに、ノムちゃんは何度か、何度も、彼女に「社長」と呼びかけてきた。今夜の彼は甘い秘密の共有を行使しなかったわけだ。

「鈍なことやった」

「酔っていたし、仕事中そう呼ばれつけているので気づかなかったのやろか」

「そうか、社長か。わたしは社長に戻ったのか。ノムちゃんはそういう料簡か。所詮は行き止まりになるしかない関係や。先へ進めんようになってしもたんは、わたしの責任や」

珠子は鏡に怒りをぶつけようにもぶつけられなかった。

「珠ちゃんおめでとう、今日は幾つの誕生日？」

たしか最初は「珠ちゃん」だった。

「五十よ」と応えたあとはどうだったんやろ。

「へー。社長、もう五十？　五十か。五十なら貫禄ついてもおかしくないんだ。社長このごろ貫禄ついたよね」と空々しく云った。彼の物云いには誉めているのか、貶しているのか分からないところがある。慣れているから平気だが、ちくちく刺さってくる。

「これからは幾つって聞かないことにするね」

ちょっと間を置いてから、けろりと云うと、彼はおどけて細い上半身を女のようにのけぞらした。瞬間、カウンターの上の瓢簞形の高価そうな徳利に手を引っかけそうになった。珠子は慌てて徳利を両手で握った。

大阪ぐらしもかれこれ十五、六年になるのに、ノムちゃんは関東風のしゃべり方が抜けない。

今夜はずっと「社長」だったのだろうか。思い過ごしかもしれないが、おどけたあと妙に歯切れが悪くなったような気もしてくる。いや、もともと、あんな厭味なしゃべり方だ。

珠子は鏡に向かってさらにつぶやいた。

「なあ、ノムちゃん、ひょっとして、あんた、子どもが欲しいのとちゃう？　欲しかったら、欲しいって云うてや。別れてやるからな」

彼は二重瞼の大きな眼をしている。今ふうとでもいうのだろうか、男前でもないのに、妙に甘い雰囲気を持っている。

ルーチェに働きに来た当初はかなり悪ぶっていたが、意外に仕事覚えは早かった。それで、すぐに飽きて辞めていくだろうと当てにもしていなかった。

ところが、辞めもせず、サイフォンコーヒーを立てているうちに彼の中の悪ぶれも、消えていった。その変わりに、かなりなポーカーフェイスになった。云いたいことはずけずけ云うのに云ったあとの彼の顔には役者が演じているような一抹の嘘が残るのだった。それは悪に近いかもしれない。

特に珠子の前では本音を出さない。出さないよう心掛けている節がある。それがちくちくする。刺さる。「珠ちゃん」と演じている。

演じていると分かっているくせに、愛されているか、どうだか分からないのにちくちくすることが愛されていることだと珠子は思おうとしている。思おうとしてきた。

二年ほど前だったか。電車を使って顧客廻りをしているときだった。二人の席の前に子どもを抱いた母親が座っていた。母親はともかく、子どもは愛くるしい男の子だった。こっちを見ているようなので、視線の先を追っていくと、そこにはノムちゃんがいた。彼は緩んだ、日向のような笑みを子どもに投げかけていた。そんなふうに相好を崩す彼を見るのははじめてだった。

「二人ぐらい子どもがいても不思議ではない年齢だ。ノムちゃん、あなた三十五でしょ。子育てもいまならまだ間に合うよ」

珠子は鏡に話しかけながら、首を左右にゆっくりと動かした。

動かすと、喉仏のあたりに醜いたるみが生まれた。

週一回美容院に行き、エステに通っているのに「これだ。油断も隙もない」とつぶやいた。若いときにはついぞ気づかなかったたるみだ。顎をあげて胸元を鏡に押しつけていった。

両肩に手の平を置いて腕を抱き寄せてみると胸元にさらにしわが入った。さざ波が現れた。若いころどんな胸元だったか覚えていない。でもこんなでなかったことだけは確かだ。どういうものか、今夜は欠点や老いばかりに眼がいってしまう。

珠子は若いころから色の白さと、すらっとした足の長さにだけは自信があった。四十ごろまでは流行の洋服も着たが、四十五を過ぎてからは、流行も追わず派手な色や形の洋服は着ないようにしている。飴色に染めた髪をショートカットにして、白い肌を引き立たせるモノトーンのシンプルな洋服をきりっと着るように心掛けている。金に糸目はつけない。流行なんて追うと逆に老けるものだ。若造りはよけいに老いを露にすることは分かっている。同年代で流行を追ってる同性を見ると気の毒になる。常々、それやこれやで、自分は、五つばかり若く見えるはずだ、と思っていたのだが、今夜はどうもその自信も打ち砕かれてしまった。確かになんとか色は白いが、若いころの透明感がなくなっている。

五年後十年後はどうなっているのだろう。容姿のことを考えはじめると全てに自信がなくなってしまう。ノムちゃん、誰か好きな女《ひと》でもできたのかしら。

誰か好きな女《ひと》でもできれば別れなくてはいけない。別れの懼れが鎌首をもたげてくる。鎌首は押さえつけないといけない。

そんなことを考えていると、また別の考えも湧いてくる。

ノムちゃんとの年齢差を無理に隠す気はもともとなかったけれど、このままでは二人が並んでる姿が汚くなりそうな気がしてくる。並んでいる姿が汚くなれば恋まで醜くなってしまう。紙の上で結婚していない男と女は緊張感があるけれど、不自由なものだ。厄介だ。相応のたしなみも要求される。このごろはセックスの回数も月に一度、先月は二度だったかな。減っているし、そろそろ別れどきかもしれない。

こんなふうに、この何年間か、珠子はときおりノムちゃんとの別れについて考えたり、悩んだりしてきたが、朝目覚めて出社すると、仕事のパートナーとしての彼はいつもそばにいる。呆れるほど変わりのない一日の仕事がはじまり、それをこなし、呆れるほど変わりのない一カ月に追われているうちに「別れ」も「たしなみ」も仕事や日常に埋没してしまうのだった。つまり、考えているのだが、そもそもが別れたくないが先に立つので、具体的にどんなふうにして、いつ別れを実行に移すべきかまでに思いも行動も至らないのだった。

「それで、わたしの知ってる女《ひと》って誰なのよ」

珠子は手指の震えを隠すために飴色のマニキュアを塗った指先を拝むときのように重ねたり解いたりしてもてあそんでいる。

「ルーチェのさえこちゃんよ」

ノムちゃんは応えた。

これからもやり通すしかないのだが。この二十数年、珠子は亡くなった夫が、父から引き継いだコーヒーの輸入卸し業を経営してきた。夫が交通事故で亡くなったのは彼女が三十二、一人娘はまだ八歳だった。

彼女の亡くなった夫は、会社での人事のイライラは珠子に平気でぶつけてくるくせに、男の仕事に口出しする女が嫌いだった。

それで、いざ仕事を引き継ぐ段には、仕入れから帳面つけから営業まで何から何まで珠子の知識は皆無だった。おまけに従業員が十人にも満たない小さな企業なのだが、半数が夫の親族で占められていた。

今ではコーヒー卸し以外に直営の喫茶店を大阪市内に三店舗ほど展開している。ルーチェは直営第一号店であり、大学を中途退学した二十歳のノムちゃんが飛びこみで働きにきた店でもあった。珠子は冴子のことを少しは知っている。大人しそうだが芯はしっかりしている。

「ルーチェのさえこちゃんならいいやん。賢そうやし。仕事もようできる。あのコ、あそこでもう五年は働いてるかな？　幾つ？」

「うーん、よく知らない」とノムちゃんは応えた。

結婚する相手の年齢を知らないなんて変だが、珠子を気遣ってそう云ったわけでもなさそうだ。

長年つき合っているのに、ベッドの中で「珠ちゃん幾つになったの？」と何度か聞かれた経験がある。きっとノムちゃんは本当に知らないのだろうと珠子は思った。彼は相手の年齢なんて気にならないのだ。もし年齢が気になるようだったら、珠子との関係も成立するはずがなかったし、二十年も続くはずがないと手前みそに思うのだった。

「こないだ教えてやったのに、忘れたん」

天井を見つめながら、自分の年齢を告げたのは、最後に告げたのはいつだったかしらと考えながら意地悪く云った。

「結婚相手の年齢も知らないなんて、困り者やね」

「ぼくよりもちろん若いよ。社長と僕の年齢差ぐらいかな」

「それ、嫌み？　ええよ、結婚しいよ。お祝いさせてや」

彼は意地悪く笑っている。

珠子の五十の誕生日以来、二人きりでいるときもノムちゃんは彼女のことを気安く珠ちゃんと呼ばなくなった。彼は彼なりにたしなみ、計算をしているのだ。行き止まりにケリをつけたのだろう。

思いがけず、向こうの方から別れが歩いてきた。

これで自分から別れを告げなくてすむ。別れても自分はたぶん大丈夫だろう。そんなことをぶつぶつ自分に云い聞かせつつ、珠子はノムちゃんを見つめて云った。

「もうノムちゃんの部屋へ行けなくなるんやね。カレーも作ってやれなくなるんやね。一緒に買い物もできなくなるんやね。でも仕事は辞めんといてや。最高のパートナーなんやから」

ノムちゃんは例のポーカーフェイスを決めこんでいる。自分がどんな大事な話をしているかも分かっていないようなとぼけた顔だ。さっきからちくちくするが、珠子はどこが痛いのかよく分からない。「ノムちゃんは、この二十年近くの歳月をどうするつもりなのだろう」

心療内科の待合室は受付奥の右手にあった。

案内されると、珠子とノムちゃんは、入ってすぐの右手、壁の前に置かれたソファーに腰掛けた。沈んでしまいそうなクッションと尻が三つくらいは載せられそうな座部に驚いて、二人は眼を見交わした。

「社長、すごいね」

長い足を組んだノムちゃんが、スポーツ刈りの頭を少し珠子の方を向けて囁いた。

「うん、すごい。ぜいたくなソファーやね」

静謐な空間にゆったりとクラシック音楽が流れている。二人ともクラシックには疎い。疎いくせに「この曲知ってる？」と珠子はノムちゃんに聞く。

「ぼく知らない」

「実はあたしも知らないの、モーツァルトかもしれへんね」

ソファーから眺めて壁の三方には額縁なしのキャンバスが幾つか、かかっている。大きいのは二十五号、小さいのは二号か三号くらいか。キャンバスには抽象的な波形が柔らかいパステルカラーで描かれていた。絵の色合いはそれぞれ皆同じなのだが、少しずつ波の動きは違っていた。

普通の病院や医院は知っているが、心療内科は二人ともはじめてで、物珍しさも手伝ってきょろきょろと物色を続ける。

壁は薄いピンク色で、微かに薬品のにおいがするだけだ。病院という雰囲気はない。他に患者も来ない。フロアーは十二畳くらいの広さだろうか。もっと広いかもしれない。柔らかそうなソファーがあと二組置いてある。さらに奥に廊下ふうのスペースがある。どうやらそちらには手洗いがあるようだ。

テレビのコマーシャル等で観たことのある浄水容器が右奥のコーナーに置いてある。ブルーの透明容器の中は水で満たされ、水はぐるぐると動いていた。

「あれ飲めるの？」

珠子がつぶやくと、ノムちゃんは立ち上がり忠実な僕《しもべ》のように紙コップに水を注いで彼女に手渡した。ノムちゃんは自分用にも水を注いだ。

彼はそのままソファーに戻らず、紙コップを片手にフロアーを歩きはじめた。立ち止まって突き当たりの壁の掲示板の張り紙を読みはじめた。何が書いてあるんだろう。彼は何も云わないで、ときどき珠子の方を向いて、彼女の様子を窺う。

彼は珠子を病人扱いしない。労るような仕草や視線は送ってこない。五分ぐらい、いや十分ぐらい経っただろうか。「中島珠子さん」どうぞと受付の女性に呼ばれた。待合室に案内されるとき気づかず素通りしてきたが、診察室は、待合室の左手、受付のちょうど奥にあった。

ドアを開け、軽く頭を下げたまま、入り口で突っ立っていると、女医は、微かに笑いながら、ひじ掛け椅子に手を差し伸べ珠子に座るように促した。珠子が座ると、つき添いのノムちゃんは、そばにあるひじ掛けのない椅子を見つけて座った。

「どうしたの？」

女医が聞いてきた。

何からどう話そう。眼の前の薄べったい身体のこの女医さんはあたしより若いのだろうか、若いとしても二、三歳かな、どうなんだろう、とあれこれいらぬことを考えていると、ノムちゃんがしゃべりはじめた。

「実は、この人、自分がうつ病だってきかないんですよ。それで、ぼくの知り合いにうつの人がいるので、その人からこちらの心療内科を教えてもらって、とりあえずうつかどうかを診断してもらおうということになったんです」

(ね、そうですね、それでいいですね、社長)とノムちゃんは珠子に目配せを送ってくる。(ふん)。(ふん)の(ん)の部分を心持ち上げ気味に珠子は目配せに応える。

そんな二人の様子をいぶかしそうに眺めながら、女医がノムちゃんに聞いた。

「ふーん、そうなんや。あなたは中島さんの何に当たる人？　弟さん？」

「いえ、この人は社長で、ぼくはこの人の会社で働いています。一応専務という肩書ですが、まあ秘書兼運転手みたいなもんです」

(それでいいですね)とまたノムちゃんは目配せしてくるので(ふん)と頷く。この珠子の(ふん)には三月前まで彼の恋人だったことは内緒ね！　も含まれている。もちろんノムちゃんは了解している。

「ぼく、今日は社長命令でつき添ってきました」

「ふーん。そうなんや。で、中島さん、どんな具合なの？」

女医は身体の向きを珠子の方に変えて質問してきた。

結婚するかもしれないと聞かされた翌日から、珠子たちはプライベートで一切逢わないようになった。

余所では貰えないほどの、満足のいく給料を支払っているつもりだが、なんといっても彼は男だ。転職する可能性もある。心配していたがノムちゃんは今まで通り仕事に出てきた。仕事のパートナーとしていままで以上に積極的に働いてくれている。

こんなにスムーズに波風が立たないのなら、もっと早く思い切っておけば、つまり別れておけばよかったと思う日が穏やかに過ぎていった。

一月ほど過ぎたころ、短大時代の同窓会があった。クラス単位の小人数の会合だった。和食の店で集まった。

その日の夜中のことだ。

胃が重たくなって珠子は目を覚ました。慌てて手洗いに入り便器にしがみついた。冷や汗を流して吐くだけ吐くと次には腹まで渋りだした。一段落して、寝所に戻ると、また胃が重くなって、吐き気がして手洗いに駆けこんだ。三度ほど下痢と嘔吐を繰り返して、やっと寝ついたのは五時を過ぎていた。

子どものころから、胃腸も肝臓も強いほうでめったなことで食べたものを吐き出すことなどなかったのだが、二、三日して、また会食に出掛けた。今度は得意先相手で珠子の方が接待する側だった。ところが、その日もまた夜中に手洗いに駆けこみ便器を抱えることになった。

立て続けにそんなことが続き、食欲もなくなり、体重は五キロも減った。どこか悪いのではないかと近くの市民病院で胃腸の検査をした。一週間後、検査結果を聞きにいくとどこにも異常はないと聞かされた。

しかし、ほっとしたのはつかの間で、その後も夜中に眼を覚まし手洗いに駆けこむことが何日かに一度ぐらいの割りで続いた。

「はて?」と食べたものを色々思い返したり辿ったりしてみると、どうやら、刺し身が原因と分かってきた。

生の魚、つまり鯛やマグロやヒラメやらを食べると下痢と嘔吐が襲ってくると判ってきた。再度、別の病院で精密検査を受けてもどこも悪くないと云われた。

その病院では、「ひょっとすると、精神的な理由で嘔吐や下痢を起こすのかもしれませんね」と云われた。

女医の方を見て「実は」と珠子がしゃべりかけると、またノムちゃんが症状を説明しはじめた。

「一月前から、下痢と嘔吐が続き一カ月ほどで、五キロ近く痩せてしまったんですね」

彼は女医に説明しながら、珠子へも同意を求めてきた。仕方なく（ふん）とうなずく。

「ふーん、それで内科的に精密検査とかしたの？」

「はい、しましたが、検査の結果どこも悪くないんです。社長は刺し身を食べると下痢や嘔吐を起こすと云ってきかないんですが、内科の先生は刺し身が原因で下痢や嘔吐が起こることはないと云うんです。それで、精神的なことが原因だとぼくも思うんですが」

ノムちゃんは珠子を見る。珠子も見返す。

「それに痩せたせいか、不眠症なんですね。ね、社長？」

彼女に同意を求めてくるので（ふん）と応える。

「最近は食欲もなくて、また五キロも痩せてしまったんですね。社長そうですね」と
またノムちゃんは珠子に同意を求め、それから先を越して云う。

「実は、昨日は給料日で、えっと我が社はコーヒーの卸し以外に喫茶店を三つ経営しているんですが。給料は現金支給で、社長は必ず自分の手で給料袋を各店に持っていくことを信条としているんですが、とうとう昨日はぼくが給料袋を各店に運んだんです」

「そうなんや、可哀想にしんどくて信条が守られなくなってしもたんやね。ところで中島さん、睡眠薬とか精神安定剤とか服用《の》んでるの？」

またノムちゃんが応えるかと待っていると、（自分で応えろ）と目配せしてきた。

「はい、近くの医院で睡眠薬と精神安定剤とをもらってます。薬のせいか、痩せたせいか、やる気みたいなものがなくなってしもて、これみて下さい。先生。みるみる痩せて」

　やっとしゃべる機会が巡ってきたので珠子は二の腕までセーターの袖を捲って女医に見せた。

「ふーん、病気になる前を知らないから、なんとも云えないけど、今ちょうどいい体型よ」

女医は珠子にではなく、ノムちゃんに云った。

「でもね。これ以上痩せんようにしてあげるからね。任しといてね。安定剤はなに服用《の》んでるの」

「ユーパンです」

「じゃあ、しばらくユーパンを続けて、うちからは漢方の薬を出しておくね。うちが出すこの薬は食欲が出るからね。肥えるかもしれへんよ。一週間したらまたきて下さい。眠れないときは眠剤も服用んでいいからね」

診療内科に通いはじめて二月が過ぎた。

「今日は専務さんは来なかったの？」

「はい」

「あんな人がそばにいてると仕事もやりやすいやろね。どうですか、少しは食欲出てきましたか。この漢方薬はかなり即効性あるんやけどね」

「はい、おかげさまで。まだ刺し身は自信がないので食べてませんが、このごろは外食でフランス料理やイタリア料理や、たまにステーキを食べるようにしてます。贅沢してます。一人で食べ物屋に入るのは気が引けるんですが、家で肉を焼いてもおいしくないし、昼のサービスランチをねらって、あちこち食べ歩いてます」

「そうか、それがええね。中島さんは刺し身を食べると嘔吐と下痢になるんやね。専務さんが精神的な原因と云うてたけど、何か心当たりでもあるの」

「そうですね。私は神様やないから、自分の心の奥のそのまた奥のことまでは分かりませんが、ひょっとすると三月前に二十年もつきおうてた男《ひと》と別れましてん。それが原因かもしれません。もうええ年齢ですから、さみしいとか、つらいとかはないんですけどね」

「ふーん。最近そんなことがあったんや」

　女医は珠子の眼を覗いた。

「わたし、主人を三十二のときに亡くしまして、主人のやってた会社を引き継ぎましてん。十人ほどの従業員がいましてね。ほとんどが主人の身内で、奥さんは社長として机の前にどんと座っておってくれたらいいんやで、なんて云うてくれますけど、そんなわけにいきませんでした。最初は、帳面から勉強していきまして、事務所の一階でコーヒーの小売をしてたんですけど、時間があったら、店に立って量り売りも率先してやりました」

女医を相手に来し方を話していると珠子の心は後ろへうしろへと引っ張られていった。

三十五の時だった。

美味しいコーヒーを提供できたらと、サイホンコーヒーの店を市内で営業しはじめたのは。そのとき、ノムちゃん、野村健二が働きにきたのだ。

痩せてはいるが、背の高い珠子と並んでも見劣りのしない身長だった。彼は、喫茶店で働くのははじめてなのに、物おじせず、ちょっと悪そうだったが、アルバイトの人に多い無責任さもなく、てきぱきと仕事をした。そんな彼を労う気持ちもあって、食事をごちそうした。そのうち買い物を一緒にしたりした。やがて、ノムちゃんとセックスもするようになった。彼を我が家に招き、六畳一間の彼の部屋を訪れ、掃除もした。二人でカレーを作った。娘の父親参観のときは彼にピンチヒッターを頼んだ。

やがて、「会社のお兄ちゃん」と呼んでいた娘も彼のことをノムちゃんと呼ぶようになった。ノムちゃんのこと、若いのでお父さんとかパパとか呼べないけどさ、ママどうして結婚しないの？　と娘に聞かれたこともあった。彼がマンションを買ったときは娘と一緒に引越しを手伝った。新開店の店を出すときは二人で店内の設計をした。什器や調理器や食器を買いにいった。生家のある静岡から彼の両親が訪ねてきたのは何年前だろう。あのときは驚いた。まるで二人の関係を知っているかのようだった。実直な風貌の彼の父親に「どうか、息子のこと頼みます」と何度も頭を下げられて困った。

思い出すことは彼のことばかりだった。なぜか泪が出そうになって、

「先生、なんでやろ、泣きたくなってきましてん」

「中島さん、泣いてええんよ」

女医が云うので、じゃあ泣く、とばかりに泣くことにした。珠子は泣いた。軟水のような柔らかい泪が流れた。この泪は幸せの泪だろうか、不幸せの泪だろうか。どっちなんだろうと自分に問いかけていると、女医がなにやら云い出した。

「つかぬことを聞くけどね、専務さんは独身なの？」

「いまはまだ独身やけど、近いうちに結婚するんです。さえこちゃんゆうて、わたし

も知ってる店のコなんですけど」

「そうなんや、中島さんは専務さんの幸せ祈ってあげないといけないね」

女医は囁いてきた。軟水のような泪は湧き水みたいに溢れて止まりそうにない。まだ流れている。

まるで、珠子とノムちゃんの仲を知っているような云い方なので、

「先生、いつ私とノムちゃんのこと分かりました？」

「一緒にここへ来た日に分かったよ」

「ふーん」

「実は私、彼と別れましてん」

「そう、そうなんや。中島さん、そのノムちゃんと幸せな日々が送れてよかったね。中島さん、きっと専務さんがいたから仕事も充実したんやろね」

女医は見てきたみたいに云った。

「先生、分かります？　どうしてそんなことが分かるんです」

「分かるよ。分かるわよ。刺し身を食べたら下痢や嘔吐を起こす原因は分からへんけどね。中島さんの流してる泪は分かるよ。中島さん専務さんと幸せやったんやね。何

事にも替えがたいほど幸せやったんやね。これからはその幸せを糧に仕事をすることやね。三週間分の薬を出しとくけど、服用《の》みたい時に服用《の》んだらいいからね。三週間後にもう一度来てくれる」と女医がほほ笑んだ。

事務所に戻ると、専務が駆け寄ってきた。

「社長、僕たち来年の二月五日に式挙げることになりました。そのつもりでいて下さい」

「二月五日って、何でまた。私の誕生日やないの。えらい先やなあ」

デスクに薬の袋を置きながら、それまでに刺し身が食べられるようになれるやろか。珠子はつぶやいた。

三人並び

「なんでしたら、昼間のことだし、子ども連れで来てくださっても構わないのよ」

そう云い添えてくれたとき、

「都合でそうさせていただきます」と応えながら私は眼をつむった。

夜が更けはじめると、男たちに酒を売る店、行ったことはないけれど、昼の日中なら、さしずめそこは暗くて、空気はじめっとしたところだろう、とおおよその想像がつく。

そこで娘と二人並んで面接を受ける。それは惨めで、相当に落ちぶれた、哀れといえば哀れな光景だろう、とやはり想像がつく。

私はたぶん、哀れさを隠すために、意味もなく、へらへらと笑い続けるだろう。人見知りする娘はどんな顔をするだろう。なんとなく、娘と二人して並ぶ光景を眼の奥に焼きつけてみたくなって、眼を閉じたのだった。

ところが、眼をつむると、眼の奥に薄ぼんやりと、やがてはっきりと浮かんできたのは、二人並びは二人並びでも、別の二人並びだった。

「うちには子ども好きの娘《こ》が一人いましてね。なんだったらその娘《こ》に子守をさせればいい。泣き喚く子どもでも、その娘《こ》の手にかかると、どうしたわけか、ぴたっと泣き止む……」

受話器からは、鼻にかかった女の声が続いている。

ふと眼を開けると、赤い電話機の向こうに座っているタバコ屋の女将さんとまともに眼が合ってしまった。

女将さんの眼は、少し灰色がかっている。なんだか、私の眼の奥を見透かしているようだ。さっきからずっと話を聞いていたのだろうか。私はうろたえ、女将さんの金壺まなこから慌てて眼を逸し、二車線になった道路に眼を泳がせた。

車線の間は公園ふうに何種類か、背丈の違う木が植えられていた。あの葉の茂った木は桜だろうか。

それにしても、電話の相手はかなり話し好きだ。まだ話し続けている。私の家の事情を何もかも知っているのか。唾でも吐きかけない勢いで「お足のないのは首のないのも同じ」と云っている。話の中身が少々説教めいてきている。それに声に馴れが交じってきている。

脂汗で手の中から受話器が抜け落ちそうだ。

握り替えてみたが、眼の奥に浮かんだ二人並びのことばかり考えていたせいか、もうそのとき、私はすっかり上の空だった。

二人が並んでいる場所は、夫と私と娘が現在寝起きしている住まいである。その二つしかない奥の方の部屋だ。どうやら時刻は電灯をともす直前だろうか。妙に青暗い。そこに、夫と三つになる娘が、まるで云い合わしたかのように、同じ姿勢で、締め切られた襖に向かって正座していた。二人は二人とも肩をいからせている。首を前に突き出し、膝に拳を当てている。ちょうど襖を拝む姿勢だ。お父さんか、お母さんにお叱りを受けて、神妙を装っている姿勢にもどこか似ている。ときどき、娘は大人のようなわけ知り気な眼で、夫の顔を下から覗きこむ。夫は軽くまぶたを伏せているが、ときどきの娘の視線には気づくのか。まぶたをひくひくと痙攣させている。

あの晩は電気炬燵に膝を入れていると、ほてってくるし、抜くとすぐに身体が冷えてしまうという中途半端な陽気だった。

十一時を過ぎたころ、夫は見知らぬ男を一人連れて帰ってきた。

居間につかっている玄関側の部屋に夫と客がくつろぐ様子を見ながら、私はたたきの横の狭い台所でお茶の用意をしていた。

二人とも落ち着きがなく、夫はあぐらを組んだり、ほどいたり、立て膝したり。紹介もなく、よくは分からないが、見たところ、男は夫より年上のようだ。

夫は構えて人を紹介するなどは大の苦手で「連れて来たぞ」とか「お客さんやで」の一言で、未知の人との出会いを私に押しつけてくる。義父のあとを継いで清掃業をやっているときもそうだった。

いつものことで、その夜も、私はその客がどこの何様とも聞こうとしなかった。

作業衣姿の夫と違い、ネクタイを締め身なりも確かなところが、どことなく胡散臭げだ。我が家の粗末な家財道具でも値踏みしているのだろうか。落ち着きなく眼を動かしている。ちらっと私が眼を向けると、気づくのか眼の動きを止める。勘違いかもしれないが、男の視線が私の背中をゆっくりと這っているような、嫌な気もする。

しかし、今夜の客は、いまの住まいに移り住んで、はじめての客だ。私は嬉しかった。

夫の外での関りが、家の中にどっかり座っていると思うと、心がそわそわと勝手にはしゃぎ出す。お客様にお茶の用意ができるなんて、この一年、いや、二年になるだろうか、考えもしなかった。もちろん、奥で寝ている娘を起こしてはいけないと、大きな音を立てないように茶器を動かしていた。

そのとき、のそりと、夫が台所にやってきた。背後に立った。夫は小声で「借金がある」と私の背中に云った。聞いたとたん、私の身体の中からはしゃぎが抜け落ちていった。抜け落ちていくのが分かった。

私は、小娘みたいにはしゃいでしまった私を嗤いながら、今、お茶の用意をしているお客様に借金があるのだろうと察したが、返事はしなかった。

夫は用件を云ったあとも私の背中に張りついたままだ。動こうとしない。

すでに三つの湯呑みにお茶を注ぎ終えていたが、私は急須を持ったままだ。注ぐふりをし続けている。夫は屍人みたいに動こうとしない。それで、やっと了解した。さっきからの落ち着きのない夫の様子も、胡散臭げなお客の様子も、今、夫が云おうとして云えずにいることも……。

私は「分かった」と云った。

云ってしまって、うしろを振り向くと、夫は足音を忍ばせて居間へ戻っていくところだった。いびつなほど、夫の右肩は上がっていた。

お茶を飲み終えると、夫は、目配せ一つ残さないで、襖の向こうの部屋へ消えていった。

残された私と見知らぬ男は炬燵布団に身体を三分の一ほど隠して、しばらく睨み合った。睨むといっても互いに眼を合わしているわけではなかった。睨みながら視線の先を逸らしていた。

「分かった」と云ってしまったものの、私は男を睨みながら「見損なった」「お義父さんから譲り受けた稼業も、家も売ってしもうて。まだ売る気なんや。見損なった」と心の内で夫を罵ることだけは忘れていなかった。

しかし、本気で腹を立てて罵っているわけではなかった。情けなくて罵っているようでもなかった。本気になって見損なうには、私はあまりにも夫を知りすぎていた。ただ、何か喚いていないと、自分を自分で宥めて、自分をどこにでもいる可哀想な女に仕上げてしまいそうな気がしたからだ。可哀想な女を取りこむのも、可哀想な女に取りこまれるのもどちらも嫌だった。

「見損なった」「見損なった」

心の内で執拗に喚き続けていると、突然、男が立ち上がった。

私は喚くことも忘れて、緊張に身体を固くした。

男は無造作に蛍光灯の紐を引っぱっただけだった。

部屋は豆電球だけの暗さに変わった。すると、そのとき、耳の奥の方から声がした。父の叫ぶ声が聞こえてきた。「売女め」それは、私が子どもだったころ、父が母に叫び続けた呪いことばだった。次に、ドタドタと家中に響く父の足音が、やはり耳の奥の方から聞こえてきて、やっと気がついたのだった。何年も前から自分が物になりたがっていたことに。そうだ。物だ。可哀想な女ではなく物になればよいのだ。

しかし、物になどなれるのだろうか。そう思いながら私は眼をつむった。

身体が畳に擦れる音も。髪の毛がじりじりとこすれ合う音も。押し殺した私の吐く息も。お前の亭主は下のげの男だ。女房を売るなど人間の屑だ。夫を蔑む声の下で、ふと漏らしてしまった喘ぎも、皆、物の立てる音だった。

終わって、男の手で玄関の戸が閉められるのを確かめると、私は、わざとのようにのろのろと脱ぎ捨てたものを身につけていった。ボタンも、子どもがそうするように、不器用に、ぎこちなく時間をかけて嵌めていった。それから、まだ物のつもりで、髪の乱れを手櫛で直しながら襖を開けた。隣の部屋で娘は安らかに寝息を立てていた。

何かを掴む夢でも見ているのか。襖を開けると、手を宙に泳がせて、小さな指をくねくねと動かしているときもあった。子どものくせして、寝息が荒くて、掛け布団を大きく押し上げ、下ろしているときもあった。襖を仕切りにして、見知らぬ男相手に四度も物になったが、夫はいつも同じ姿勢だった。寝そべって天井を見上げていた。

子どものころ、同い年なのに夫は私より背が低かった。ところが、中学一年生になると、急に背が伸び、私の背を追い越した。

額が丸くせり出し、その丸い山に表情じわが寄るようになった。八の字眉の下のさして大きくもない眼を、何やら云いたげに危なっかしく上目づかいするようになった。唇を歪めて笑うようになったのも中学生になってからだ。

そんな夫の変化をまぶしげに、いや、不安に見上げながら、私は少年だった夫に対しだんだんと疎遠になっていった。夫と私が血の繋がりのあるいとこ同士であることを深く認識するようになったのも中学生のころだ。

いぎたなく組んだ足を揺すって、タバコをくゆらせている姿は、そのころのままだった。身の丈の合わない大人の肉をまとわされた少年が、ぶよぶよの身体を持て余し、収拾のつかぬまま畳の上に投げ棄てているといった具合だった。

娘と二人して、肩をいからせ、仕切りの襖を拝んでなどいなかった。いたわられ、慰められるのは、金のためにしどけなくなってしまった自分の方のはずなのに、その自棄な姿にぶつかると、媚びに似た気遣いのようなものが、身体の内にむくむくと膨らんできた。私はしらずしらず、襖にではなく、夫にゴメンナサイ、ゴメンナサイ、と声に出さず謝っていた。

三人して、襖に向かって頭を下げて過去が消えてくれるものなら。私も二人の横に並ぶのに。そんなことを考えていると、

「じゃあ、明日の午後の二時にね」

鼻にかかった女の声が再び耳に戻ってきて、私は我に返った。

「店でね。給料とか、詳しいことはそのときにね」

「宜しくお願い致します」

では、とすぐに受話器を置くのもためらわれて、私は受話器を握ったまま待った。しばらく待ったが、受話器の中はつうつうという合図音に変わってくれない。故障だろうか。手の平はさっきより脂汗で濡れている。

電話機の向こうに座っているタバコ屋の女将さんは、長電話をたしなめてか、こちらを睨んでいる。耳を潜めても相手の吐息すら聞こえてこない。行き場を失った黒い空気の塊が、受話器の中に澱んでいるだけだった。

どれほど経ったのか。

私は受話器を置いた。

帰り際、私は女将さんにちょっと見栄をはった。タバコの二つや三つで見栄でもないが、娘が生まれるまで吸っていたハイライトを買った。

「ハイライトを下さい」

「……」

「二つ、いえ、三つ下さいな」

二畳ほどの台所の隅には、十キロ入りの米の袋が二つも蓄えてある。気まぐれに夫がお金を入れてくれると、さしあたって必要もないのに味噌、醤油、砂糖、洗濯粉と買いこんでしまう。間に合っていても買いこんでしまうので、狭い板の間は足の踏み場もない。

そんな買い貯めの癖がついて二年近くなる。

「娘も三つになることだし、お義母さんに預けて、働いてみようかと思っているの」

夫に相談を持ちかけたのは、確か、一カ月ほど前だった。

「働かんでええ。そのうちなんとかする。なんとかなる」

喉の奥を絞ったような声で応えていた夫が、仕事の話を持ち帰った。

「バーででも働いてみるか。家事の延長みたいな仕事らしいで。惣菜を作ってほしいらしい」

電話の相手はそのバーのママさんと呼ばれる人だった。夫の勤め先、運送会社の社長の二号だか、妾だかと聞かされていた。店は私たちの住まいからふた駅離れたところにあると聞いている。

バーと聞いたとき、化粧をしたこともなく、白いブラウスと紺色のスカートしか身に添わぬ私が、果たしてそんなところで働けるだろうかとためらった。

「無理よ」

一度は夫に云ってみた。しかし、具体的に話が持ち上がるとは怖いことだ。狭苦しい台所に積んである米の袋を見るたびに、こんな心細い暮らしから早く抜け出さなくてはいけない。こんな、お金を持つと遣わずにいられなくなる貧しさから、抜け出さなくてはいけないという気持ちが募ってくるのだった。それは、一日に何回か私を襲った。

さっきもそうだった。

昼食の食器を洗い終えて夕飯のおかずのことを考えていたら、急に矛先が変わってしまった。この暮らしを抜け出すためなら何をしても構わない。どこで働いても構わないという思いがむくむくと膨らんできた。まだ働いてもいないのに収入の算段まではじめた。あげく、はち切れてしまった。

「大人しく、お留守番するのよ」

娘に云い聞かせると、公衆電話のあるタバコ屋まで駆け出していたのだった。

やはり、あの葉の茂った木は桜だ。

そう、つぶやきながら、私は、まだ、さっきの電話の終わり方に拘っている自分に気づいた。

「やさしさとか、思いやりとしては、あまりに長すぎる。あれじゃあ、全くのところ、労られているみたいじゃあないか。なぜプツンと切ってくれなかったのか。プツンと」

私は、空の下、声に出さずしゃべりはじめた。

「いつまで経っても、自分の方から電話を切らないなんて、なんだか、情の押し売りみたいや。好きやない。でも、私の場合、押し売られても仕方ないのかもしれない。こちらはしがない子持ちの仕事探しの女やから。ひょっとすると、ママさんは、あのことを知っているのかもしれない。それで、あんな電話の終わり方を押しつけてきたのかもしれない」

はじめて夫が見知らぬ男を連れてきた晩、お茶を注ぐ手を止めて、すぐ横のたたきに下り、裸足でもいいから外に逃げ出していれば、何事も起こらずすんだのだ。見知らぬ男相手に物になることもなかったのに。

私はそうしなかった。

背後に夫が立ったとたん、何も云わないうちから、夫が何を云おうとしているかを、見知らぬ男が私たちの住まいを訪れた理由を察してしまって、急に身体が動けなくなってしまった。察した内容より、察したこと自体が私の身体をこわばらせた。そして、つい知らず、物分かりのいい女の声で「分かった」と応えてしまった。すると、身体が元の自分の意思で動ける身体に戻った。

なぜ、あんなふうに、操られるように「分かった」と応えてしまったのだろう。そのときにはまだ何もはじまっていなかったのに。やはり私は、物になりたがっていたのだろうか。そして、本当に物になったのだろうか。

横断歩道の前まで来た私は、信号機を見上げた。赤だった。

少し熱でもあるのか。手の平だけでなく、脂汗が全身ににじみだしている。暑いのか。熱くないのか。よく分からない。ふらついているようだ。泪も出てきそうだ。夏風邪を引いたのかもしれない。

空を見上げると、真っ青だった。雲がない。空に吸いこまれるように私はまたふらついた。

信号機が青に替わったので歩き出す。向こうから、こちらに向かって着飾った女が渡ってきた。他には誰一人歩いていない。

そう云えば、今日はなぜこんなに人の気配が少ないのだろう。電話をかけているときもそうだった。気づかなかっただけだろうか。道路は二車線とも、人も車も行き交っていなかった。向かってくる女に眼をやった。女は姿勢がよかった。

女の姿勢が、あまりにもよすぎるせいで、自分の姿勢のことを思った。いったい、いつからだろう。中年女のように引きずる歩き方をするようになったのは。俯く癖がついたのは。

女の歩く音には、金属音が混じっている。靴の踵が片方だけ磨り減っているのかもしれない。女は私と同じ二十四ぐらいだろうか。それとも、もう少し若いのだろうか、と考えていると、女は私のそばを通りすぎていった。暑いのに汗をかいている様子もない。匂いもない。ふと、下田佳子のことを思い出した。

下田佳子は中高の黒眼が少し茶色っぽい淡い顔をした美人だった。透き通るような白い肌をしていた。

すれ違っていった女の容貌は下田佳子とは似ても似つかぬものだった。なのに、なぜ思い出してしまったのだろう。

私は考えながら、ママさんは、あのことを知っているに違いないとつぶやいた。物になったことを知っているに違いない。知っているから、あんな電話の終わり方を押しつけてきたのだ。

そうか。そうだった。下田佳子も、あんなふうな、ありがたいような、煩わしいような（電話ではなかったが）別れ方を押しつけてくる子だった。きっと、そうだ。さっきの電話のせいで、彼女を思い出したのだ。

はじめて、下田佳子の家の前で立ち話をしたのは中学一年生の七月の半ばだった。同じクラスになったときから、私は彼女が大嫌いだった。ほどのよい頭のよさ。クラスでの人気者振り。子どもっぽさを抜け出た美しさ。家での躾けられ方。制服の着こなし方。ハンカチの扱い方。ちり紙のたたみ方。どれを取ってみても、彼女は理想的な女の子だった。

どこで、いつ体得したのか。大人でも子どもでもない季節を貪欲に生きる方法を知っていた。腹が立つほどの落ち着きと、涼しさと、ずるさを持っていた。そして、美しさの点では大分と劣るが、私もまた、彼女と似たうわべを持って、クラスの女の子の歓心を引いていた。二人でクラスの女の子の人気を二分していた。

しかし、うわべ、外観とは裏腹に私の内側は中途半端だった。

中学生にも、子どもにも、大人にも、何者にもなれずにいた。何者にもなりたくない気持ちでいっぱいだった。

そばを歩かれると、彼女が美しく笑うと、ちょっと顔を近づけて本を読んでいる姿を見ると、クラスの女の子に囲まれて楽しげに話していると。まるで自分を、外面だけの中身のない自分を見ているようでイライラした。

それなのに、同じクラスに彼女を見たときから、犬のように尾をふる機会のくるのを、私は今かいまかと待っていた。

その日、私は初潮を見た。

母よりも、仲の良い友だちよりも真っ先に、下田佳子にその報告にいったのだった。

やっと、あなたたちの仲間入りができたと。

報告はすぐに済んだ。五分もかからなかった。「さよなら」のあいさつを互いに交わしあって、しばらく歩いていって振り向くと、下田佳子はまだ門の前に突っ立って私を見送っていた。

今、さよならを云ったばかりなのに、もう一度さよならを云うなんて、ちょっと変だ。宙ぶらりんのさよなら状態の中に戸惑っていると、彼女はさわやかに、さっきと同じくお辞儀をして、手までふってくるのだった。仕方なく私も手をふる。また、しばらく歩き、うしろを振り返ると、彼女はまだ門の前に突っ立っていて、お辞儀をしてくるのだった。

いつまでたっても埒の明かないさよならに業を煮やしてしまうのはいつも私の方だった。

彼女と別れて、最初の曲がり角に辿りつくころには下田佳子に何を話しにきたのかを忘れてしまうことさえあった。

クラスの女の子たちは、将来を、未来を、夢を、学校の先生になりたいとか、お母さんになりたいとか云って打ち明けあったりしていた。そんなことを彼女との話題にしたくない私は、取るに足らぬ秘密、例えば、誰かのカンニングの現場を見てしまったことなどを、まるで忠実な家来のように報告にいった。嫌いなのに、彼女と話したくなるのだった。

半年ほど、そんなことを繰り返したが、二年生になると、クラスが替わった。大嫌いの感情が大好きの感情にすり変わることもなく、尾をふるのも、たわいない報告も止めていた。しかし、いつ終わるともしれない長いさよならだけはときどき思い出した。そして、二年生になっても、私は成績のいい子としての体面を維持するために努力し続けた。しかし、勉強は嫌いになっていた。

それにしても、あのころ、あんな出し放しの手紙のようなことを、彼女の都合も考えず、よくもまあ繰り返したものだ。

下田佳子をそばに感じて、自分の外面を破りたかったのだろうか。それとも彼女とは絶対に交われないことを、家来になってでも確かめてみたかったのだろうか。

切ってくれなかった電話からふと下田佳子を思いだし、さらに幼い過去に私は揺れていった。とぼとぼ歩いていると、左手にシオタニ文具店という看板が眼に止まった。

この道は越して来てから何度も歩いたはずだが、はじめて見る看板だった。古ぼけて、目立たない店なので気づかなかったのかもしれない。突然、下田佳子に手紙を書いてみたくなった。あのころのように尾をふりたくなった。

物になった理由を。彼女が永久に分からないことを。分かってくれないことを、彼女に向けて書いてみよう。たぶん、私が彼女を理解しようとしないのと同じくらいに、彼女は私を理解してくれないと思うけれど。

シオタニ文具店に入った。

店内は薄暗かった。私は、まず大学ノートと、便箋と、ボールペンを手にとった。クレヨンと、画用紙を物色するのに手間取っていると、不機嫌そうな五十くらいの男が、私の周りをついて歩いた。店主だろうか。早く買えとばかりに急かせてくる。クレヨンと画用紙は一人で留守番をする娘へのみやげだ。

店を出ると、急に娘のことが心配になってきた。娘はぎりぎりまでおしっこを我慢する癖がある。私は駆け出した。慌てて走ったのがいけなかった。文具店の前で無様に転けてしまった。右手と左膝を地面についてしまった。買ったばかりのものを道にばらまくことはなかったけれど、膝を見ると、擦り剝けて、少し血が滲んでいた。


娘を寝かしつけると、私は玄関側の部屋、襖のこちら側の部屋に折りたたみ式の膳を広げた。

昼に買った文具を膳に並べたが、ノートに向かう気にはまだなれなかった。娘の寝ている奥の部屋に入り、蚊取り線香に火を点けた。

娘は画用紙帳とクレヨンを枕元に置いて、大の字になって眠っていた。

画用紙を拡げると、頭でっかちな私が描かれていた。娘の眼には私の身体がまだ形となっていないのか。それとも関心がないのか。手も足も胴も一本の細い線で描かれていた。それがちょっと不満で、眠っている娘に囁いた。

「早く大きくなるんよ」

足音を忍ばせ、二つの部屋を何度か行ったり来たりしたあと、私は膳の前に座った。大学ノートを開いて、表紙を右手の腹で押さえた。一行目に、下田佳子様へと大きく書いた。

あらかじめノートに書いてから、便箋に清書するつもりだ。いや、清書しないかもしれない。最後までキチンと書けないかもしれない。右手の人差し指と中指にボールペンを挟んだまま家具の少ない部屋を見廻した。

この部屋は結婚して四度目の引越し先である。

引越しの度に、まともな家具は貰い手がついて私の知らないうちになくなってしまった。たぶん、夫がうまく話をつけて売ってしまったのだろう。人一倍物に対する執着がきついくせに、お金に困るとなんでも売ってしまう。家具は米に化け、夫の遊びの金に化けてしまった。

今残っている家具は、私がアパートで、一人暮らしをしていた時分に買い求めたものばかりだ。小さな水屋も、箪笥も、ビニール製の洋服ボックスも売るにも貰ってもらうにも、どれも安物ばかりだ。

明日、九月五日は娘の誕生日だ。清掃会社を経営していた夫の父は娘の誕生の一週間前に亡くなった。大阪万博の翌年だった。

身体から離したことのない心臓の薬をその日に限って忘れ、使用人の送迎と、清掃道具の運搬に使っていた車の中で、ハンドルにもたれたまま事切れていた。姑も二人の義姉たちも、娘の誕生を舅の生まれ変わりと祝福してくれていたが、今では、誰もそんなふうに云ってくれる人はいない。

夫が、レストランを開業するという友人の保証人になったのは、義父の生前のことだった。家中の者が保証人になることに反対したのに、夫は誰の意見もきかなかった。反対を押し切るには、押し切るだけの理由があったのだろうが、それも明かさなかった。

その友人が資金繰りに詰まり、夜逃げしたのは、義父が死ぬ前だったろうか。あとだったろうか。一度に嵐が押し寄せたようで、そのころのことを私はよく覚えていない。

家を手放してからも、俺はやり直すと夫は豪語していたが、従業員への給料も払えず、清掃会社は半年も持たず潰れた。仕事先を幾つか転々としたあげく、義父の知人、運送会社の経営者に拾われた。社宅として、この住まいまであてがわれているのだった。

夫は月の末から四日も家を空けたままだ。

たぶん、今夜あたり、忍び足で、肩を落として帰ってくるだろう。前借りで少なくなった給料袋の中身を増やすために競輪場やボートにいき、あげく、元手まで使い果たして。毎月が同じことの繰り返しだ。

私は扇風機を止めに立ち上がった。


〈私、藤谷美佐子と申します。のっけからこう名乗っても、お分かりになってもらえないのは百も承知です。生田美佐子と名乗ってもやはり思い出してもらえないかもしれません。生田が旧姓です。

友だちの多かったあなたのことだから、とうに忘れてしまっているかもしれませんが、ほら、「私が下で、生田さん、あなたは生きるよ」と、運動場の砂場で鉄棒に掴まりながら、ちょっと気取って、そうおっしゃってくれたこと、覚えていませんかしら。

どうしても思い出していただけないのなら、中学一年生のときのクラスメートに、そんな名字の者がいたらしいと、まず、含んでおいてもらった上で、これから書くことを読んでいってくださいませ。もちろん、煩わしいとお思いでしたなら、読んで下さらなくとも結構です。無理に読んでくれとは申しません。

今、私は、はじめてあなたの家を訪れた日のことを思い出しています。家を訪れたと云っても、家の中まで上がらせてもらったわけではありませんでしたが。

夏の暑い日。記憶は定かではありませんが、確か、期末試験の最中だったかと思います。

薄暗い手洗いの中で私は初潮を知りました。尋常ではない汚れを発見した私は、ああ、これが、女の子だけが集められ、保健体育の時間に教えられたそれだなあ、とすぐ気づきました。さすがに、びくっとしました。びくっとしたせいか、身体中の血が妙に落ち着かなくなり、一瞬、ものを考えたり、想ったりする機能が停止してしまったのを今も覚えております。

人の不幸。例えば、優しい両親に護られて、何不自由なく恵まれて育っていた人の片親が突然死んでしまったとか。とても優秀な人が、受験に失敗したとかを聞かされますと、本心から気の毒に思う反面、心の裏側には冷たく他人の不幸を嗤ってしまう悪魔が住んでいるものです。しばらくすると、ちょうど、それに似通った反応を、自分の身体の変化に対して起こしていることに気づきました。

とうとう大人になってしまった私は便器にまたがったまま、自身を嘲笑して、けらけらと笑ったり、しんと静まり返って、神妙に構えたりでした。そう、私の中はその極端に違う感情がせめぎ合っていました。

でも、手洗いを出るころには、何の前触れもなく、身体の奥の方から土足でやってきた大人、いえ、女に対する私の姿勢はほぼ決まっていました。手洗いを出た私は、戸にもたれて、少年のように冷たく自分をあざ笑っていました。

あざ笑いながら、下田さん、私は、嘲笑の原因を一等最初に、あなたに報告しにいくことを思いついたのです。なんとすばらしい思いつきだろうと。

大人になるなんて、女になるなんて、子どもが産めるようになるなんて、自分一人の秘密にしておく値打ちなんかあるものか、そこいらに散らばっている塵芥として邪険に扱ってやりたくて仕方がなかったのです。そう、晒しものにしたかったのです。私は汚れた下着も着替えず、セーラー服のまま、自転車に飛び乗りました。クラスの優等生。優等生といっても、勉強の虫ではない、すばらしくバランスの取れたあなたに、何をおいても報告したくて。

実は私、そんなあなたが大嫌いでした。

線路の向こうの住宅街にあるあなたの家を捜し当てたころには、おみやげの中身は少し変化してしまっていました。あのあざ笑い、自分を嗤う感情は薄らいでいました。

まるで妹のように甘えてあなたに報告しました。

「とうとう、そうなの」

あなたは、左右のほお骨を押し上げ、唇をとがらし、ちょっと困った様子をこしらえ、顔をかげらしました。それからにっこり、笑ってくれました。おみやげの効果は充分にあったようです。そんな大切な秘密を一番に報告しにきてくれて、友だちになりましょうね、とあなたは微笑んでいるようでした。実際、その日を境にして、私はあなたと話す権利を得たわけです。

もちろん、打ち解けて甘えていても、私は、まだあなたを大嫌いでした。月々の話をあけすけでなく、行儀よく聞かせて下さるあなたが憎くてたまりませんでした。実はあのとき、そんなあなたを盗み見てはただ、心の中でへらへらと笑っておりました。

帰りの道中、さすがに乱暴は止めて、まるで半病人のようにしおたれて、自転車を引きずって家に戻りました。

そうそう、あなたは私が曲がり角に消えてしまうまで、門の前に突っ立って見送って下さいましたね。あんな長たらしいさよならをしたのは、生まれてはじめてでした。あれがお嬢さま流なのでしょうか。

翌晩、父と母は赤飯と、甘鯛の魚すきを用意して、一人娘の、私の不幸を祝ってくれました。父は学問のない口数の少ない人なのですが、ときどき、人が変わったようにおしゃべりになります。自分の偏屈な父権というか、親らしさを押しつけてくることがありました。

例えば、駅前にあるホルモン屋の娘（たぶん、あなたもご存知のはずです）とつき合うなと、云うのです。

あそこの母親は足を組んでタバコをぱっぱと吸うアバズレだから、そんな女の娘とは断じてつき合うなとこうです。そのくせ、父はその店の上得意で、あそこのレバーは味噌づけで本場物だと誉めもするのです。みやげに持ち帰って、私と母がおいしいというまで、食べさせたりもするのですが。甘鯛もその一つで、女の祝いに本鯛などもっての他だと云うのです。

父のもっともらしい御託を聞きながら、骨についた身を箸でほじり、私は無口に不幸を呪っていました。母のおおげさな病人扱いも、私に女を意識してか、父のちょっと眼を逸らす目配りも、私はとても嫌でした。

下田さん、この話を書きましても、まだ生田美佐子を思い出していただけませんかしら。

もし、あのとき、あなたが初潮など馬鹿にしていてくれたなら、大人になることも、女になることもあざ笑って、その有り様に抗議の一つもしてくれていたなら、あなたを大好きになっていたかもしれません。同胞を得て私の投げやりも、ふやけたものになっていたかもしれませんが、あなたは違いました。やはり、あなたは行儀のよい、私の母が、父が、世間一般が望むようないいお嬢様でした。いいえ、この私が一等望むようなお嬢様だったのかもしれません。あなたは見惚れるほどに、無知無抵抗に内からの変化を受け入れていました。私にはそう見えました。

生きていくうちには、色々な変化が、内からも外からも訪れます。あなたのようなさりげない受け方、それが、一番順当なのでしょうが。私の中には、あなたの外観、つまり、順当は装うことはできても、順当を選べない何かが、すでに巣くっていました。

その巣くっているもののせいでしょうか。あなたとよく似た外観を装ったまま、とうとう、自己放棄に見えかねない行為へと、私は駆り立てられてしまいました。

実は私、夫の借金のかたに四度も物になりました。

確か、小学校の四年生の春でした。一カ月ほど、父が家を空けて帰ってこないことがありました。当時、私、初潮にまつわる奇妙な体験をしました。

「美佐子、お父さんは、ひょっとすると、しばらく家に帰ってこないかもしれない。美佐子はお父さんがいないと寂しい」

朝食のとき、母が、ことばを切るようにして訊いてきました。

実はそのとき、私はご飯を食べながら、父の不在など気にもせず、朝方に見た夢の反芻をしておりました。

その夢は、朝食だか、夕食だかはっきりいたしませんが、やはり食事中の夢でした。今までだって、父が家に帰ってこないことは度々ありました。母と二人切りのご飯は慣れっこでしたが、母が、こんなふうに父のことを改まって訊くのは、はじめてでした。私は夢も気にかかったけれど、母の問いも気にかかって、ちらっと母を見上げました。

母は病人のように青白い生気のない顔をしていました。どことなく、いつもの母と違って見えます。よく見ると顔全体が少し腫れていました。右目の下には、今まで見たこともない赤い痣ができていました。それに、ソバカスも増えたようです。

声もいつもの声とちょっと違います。少し心配になりましたが、夢の方が、もっと気になって、私はすぐに夢の反芻に戻ってしまいました。

父と母と、私が三人で食事をしておりますと、どこからか、二センチくらいの黒い蜂が部屋に入ってきました。便所蜂と呼んでいるあれです。蜂は飛んでいるかと思うと、どこかへ止まるのでしょうか。最初のうちは見え隠れしていました。ところが、だんだんに大胆に食卓の真上を旋回しはじめました。私のところに止まったらいやだなあ、と食事もそぞろに警戒していますと、案の定、蜂は私のおかずの上に止まってしまいました。「蜂」「蜂」、追っ払ってくれと、手振りを混ぜて母に訴えるのですが、母は知らんふりで、黙々とご飯を食べています。あまりに母が知らん振りを決めこんでいるので、今度は父に助けを求めました。父に、小さな声で「蜂」と云ってみました。父と私の眼は合っていて、その父の表情は何かとても分かったふうなのですが、やっぱり私の声が届いていないのか、黙々と食事を続けています。仕方がないので、自分で蜂を追っ払おうと、右手をぶんぶんふりました。しかし、蜂は死んだみたいに、私のおかずの上を動こうとしません。蜂の止まっているところだけを捨てて、それから食べればいいと、観念しながら、またも私は、「蜂」「蜂」と、さっきより大きな声で、母に訴えました。すると、今まで穏やかだった父が、突然、「静かにせんか」と怒鳴りだし、次には膳を引っくり返してしまいました。味噌汁が膝にこぼれたとき、私は眼を覚ましました。見渡しますと、そこは食事をする部屋ではなく、二階の私の部屋でした。寝床の中でした。

ところが、夢でよかった、とほっと胸をなで下ろしたとたん、階下で「売女め」と大きく怒鳴る声がしました。父でした。

そして、しばらくすると、ドタドタと家中に足音が響き渡りました。父の足音のようです。

どうやら、私は夢の続きに戻らず、その足音を聞きながら、眠ってしまったようです。

そして、恐い夢などではなくて、実は現を反芻しているのだと、やっと気づきました。私は、茶碗を膳に置き、母の顔をもう一度、見上げました。そして、間の抜けたころ合でしたが、「さみしない」と母に応えていました。

ときどきですが。私が、もっともっと小さいころから、大正生まれの父は人が変わったように眼を剝いて、睨みつけて「売女め」と母を悪し様に罵ることがありました。たぶん、そのころから「売女め」のことばの意味は分かっていたように思います。子どもなので口で説明などできませんが、口で説明する以上に、辞書の説明文以上に分かるということがあるようです。私は、不承不承にですが、母が「売女め」なのだと納得もしていたようです。

なぜなら、「お母さん、売女ってなに？　どういう意味？」とは決して聞きませんでした。外でそのことばを決して発しませんでした。しかし、大人たちがそぞろに使うそのことばや、それに類したことばには異常に敏感に、聞き耳を立てていました。

子どもだったので気づかなかっただけかもしれませんが、母が父に殴られたのは、この日が最初で最後だったと思います。

巷で流れていることばの中には子どもではどうしても使えない、意味はなんとなく分かるのだけど、どうしても使えないそんなことばがあります。ところが、そんなことばに限って、玩具以上に遊ぶ値打ちがあります。時間を重ねるにしたがって膨らんでもいきます。

云い忘れていましたが、私には一人、娘があります。明日三つの誕生日を迎えます。眼のしたに青い隈など作って私とそっくりです。隈は少し食が細いせいかもしれません。

この娘も教えなくとも、そんな大人が使うことばを通して、情況を、気配を身体に取りこんで成長していくことと思います。私がそうだったように。

父が帰って来なくなって四日目、確か土曜日でした。

その日、母は身体の具合が悪いといって、朝になっても起きてきませんでした。私が学校から帰りましても、まだ、一階の三方を障子で囲まれた薄暗い部屋に閉じこもったまま、起きてきません。でも帰宅した私には気づいたのか、締め切った部屋の中から「今日は自分で昼ご飯の用意をしなさい。晩はおばさんの家でお呼ばれしてね」と云いました。その声はくぐもって、いかにも弱々しい声でした。

朝見舞ったとき、母の顔は最初の日よりさらに腫れて、右目の下の痣は黒紫色に変化していました。

お櫃の中にご飯が残っていたので、黄色い沢庵と、梅干で食事を終えました。食後、自分の部屋でぼおっとしていました。夜はおばさんの家に行かず、菓子パンを買ってすませよう。そんなことを考えていたのかもしれません。

いつもごそごそと立ち働いている母が臥せっているせいか、家の中は静かです。じいっとしていると、胸の中に空気が一杯溜まってくる感じになりました。

「遊び友だちの紹子ちゃんと喧嘩するんじゃあなかった、喧嘩さえしなければ一緒に遊べるのに」そんなことを思いながら私は裏庭に出ました。

紹子ちゃんは、トラホームの川村君にうつるうつると囃し立てて意地悪をしました。いつもなら、一緒になって意地悪をするのに、その日はなぜか意地悪できなくて喧嘩になってしまいました。

ポンプの前に立ち、土手の方を見ると、陽炎が立っていました。ゆーら、ゆーらと揺れて、こころなしか土手が動いているようでした。私の立っている地面も動いているようでした。

生家のあった辺りは、私が四年生のころには、まだ田んぼも畑も、草ぼうぼうの空き地も残っていました。私の家は土手の切れる一角の底地にあったので、裏庭は土手を背にしていました。その土手道を東に進んでまいりますと、あなたもご存知の駅前の本通りに出るわけです。そう云えば、下田さん、あなはたったの一回も、私の家に来られたことがありませんでしたね。

母はきれい好きというわけではないのですが、家の仕事はなんでも自分でやらないと気の済まぬ質で、子どもだった私のお手伝いに関して誉めることはいっさいありませんでした。子どもって、母親の真似をして、掃除や、糸解きやらやってみたい時期がありますよね。絞り足りない雑巾で廊下をびちゃびちゃにして叱られたこともあります。それでも私、煮炊きものは別として一通りは経験していました。ただ洗濯だけはやったことがありませんでした。

ポンプから汲み出した盥の水に手を浸しておりますと、そのまだやったことのない洗濯をにわかにしてみたくなりました。

さっそく、風呂場から汚れ物をカゴごと持ち出し、盥に全部投げ入れました。当時使っていた洗濯石鹸、あなたも覚えていられると思いますが、固形の石ほど硬い大きな石鹸です。それを片手に持ち、汚れ物になすりつけては、洗濯板に添わせて、もみしごいてみました。母の手つきを真似てのものです。

石鹸を持つこと自体が、苦行のようでしたが、胸に溜まっていた空気が、手を動かす度に外へ外へと逃げていきました。やがて、母のために、父に殴られた母のためにお手伝いをしているのだと思うと、もうそれだけで、甘いやさしさが心に満ちてきました。四月の陽気が私を包んで、とても快適でした。

陽炎に踊らされるように、私の仕事は順調に捗っているかに見えました。

ところが、半分ほどもみしごき終えたころ、汚れ物の中に血で汚れた母の下着を発見してしまいました。

誰にも教えられたことなどありませんが、とっさにそれが何であるかを理解した私は、どうしよう、母の秘密を触ったら叱られると思いつつ、連想は飛躍していきました。母はこのせいで、「売女め」なのだ、父に殴られたのだ、となんの根拠もなく断定へと傾いていきました。

迷いつつ、また洗濯に戻り、汚れに石鹼をなすりつけておりますと、誰かに見られているような気がしてきました。振り返ると、陽炎が見ておりました。ゆうれいみたいに踊って見ているんです。土手も揺れていました。

汚れはなかなか抜けません。白に戻りません。母は寝床からむっくり起き出して、「また、いらんことやって」と叱り出すかもしれません。そんな母に怯えて手を動かしていますと、突然、手の動きと、頭の動きがちぐはぐになる違和感に襲われました。

それは、どんなだかと云いますと、手が一分間に十の速さで動いているとしますと、手に命令を下すはずの頭の中心部分の命令内容が、一分間に、九、八、七と緩慢になっていくといった按配なんです。どうやら、手だけが、頭とか、胴体とかと切り離されて勝手に動いていているのです。あまりに勝手な手の動きに頭とか心とかが後追いし出します。後追いすればするほど、手の動きは一個の独立物かのように速度を早めていきます。むろん、実際に速度が早いのかどうだかは、分かりませんでしたが。

この分離感は膜で頭を覆い、心まで覆い、私が手の動きの中にいるのか、頭の中にいるのか分からなくさせていきました。動きを止めようとしない手のままになっていますと、やがて、手の動きも、頭の後追いも止んでいきましたが。私にとって一瞬の恐怖でした。

　あのとき、汚れを落としながら、私を産んだ母と同じ種であることを自覚しながら、拒絶もしていたのでしょう。それで、あんな状態に陥ったのだと、今ならそう思えます。

　母が父から「売女め」と呼ばれる理由、例えば父以外の男と情を交わしていたなどという話は、直接にも間接にも私の耳に入ってくることはありませんでした。ただ、私の出生にまつわることで妙な話を耳にしたことはありました。どこかの料理屋でお運びさんをしていた女が産んだ赤子を貰い受けて母が育てたとか、それもどこまでが事実なのか嘘なのか、定かではありません。

　その母は、私が中学二年生になったばかりの春、急に血圧が上がり、あっけなく亡くなりました。三十六歳でした。

　二カ月後、父は後妻を迎え入れました。

　自分の下着ぐらいは自分で洗うこと、朝は起こされなくとも独りで起きること、義母をお母さんと呼ぶこと、それら三つを父から強制されて、新しい暮らしははじまりました。

そのころ、すでに独立へのあこがれというか、家を出ることを夢みていましたので、義母をお母さんと呼ぶことなどわけもないことでした。それに、継母物語など受け入れるには、私だけでなく義母も相当に渇いていました。もちろん、朝独りで起きることも、父に云われるまでもなく、励行しなくては、独立などできないわけですし。

ただ、自分の下着を洗うこと、これだけはちょっと苦痛でした。情けないことに、血で汚れた下着だけは明日にしよう、明日にしようと引き伸ばしました。たまに、義母が洗ってくれました。そのときだけは、本当の母娘のようでした。（放ったらかしにしてある汚れ物を棚に上げて）洗おうと思っているのに、なぜ勝手に洗うのだ、と私は義母に文句を云いました。すると、「女はねえ、こんなもの、誰にも見つからないうちに、さっさと洗ってしまうものなのよ。目障りで仕方がない」と義母も私に喰ってかかってきました。

高校に行くころには、その洗濯も苦にならなくなりました。風呂場で洗うことを思いついたからです。毎日が、ちょっとした旅行者気分でした。屈んでもみ洗いをしていますと、四年生の春に体験した、あの気の遠くなるような、手の動きと頭の動きがつながりを失う気分、分離感に襲われることが、たまに起きました。とにかく手が勝手に早く動きだすんです。
色の黒い、女事務員ふうのメガネをかけた義母は、飾り気もなく、死んだ母よりお母さんという名詞が、いえ、そうではなく、生田の主婦が似合う人だということが、そのころになりますと、私にも分かってまいりました。身体の大きな父が、背の低い義母に振り回されているんです。ちょっとがさつで、細かいところに気づく人ではありませんが、生田の家は彼女を中心に動きはじめました。私は家の中で、だんだんに、居候のように動きが取れなくなり、本気で家を出ることばかりを考えるようになっていました。
父は私に短大進学を勧めましたが、勉強したくない私は、私学の高校を卒業すると、父の意見は無視して、勝手に就職口を見つけて働きはじめました。仕事に馴れたころ、義母をうまく焚きつけて、家の近くにアパートの一室を借りました。一人暮らしに自信がつくと、父の住む、いえ、母の死んだ家から、遠く離れたところに移り替わりました。〉
夫だろうか。私は手紙を書く手を止めて耳を澄ました。引きずるような足音に鍵の音が絡んでいる。

〈どうやら、今、夫が帰ってきたようです。夫とは、つまり、娘の父親です。途中ですが、とりあえず、ここでペンを置かせていただきます。〉

茶漬けの湯を用意しようと、私は台所へ立った。ガスに火を点けながら、首を傾げて、もう一度耳を澄ました。

「夫だと思ったのだけれど」

すぐに戸が開かないところをみると、夫ではなかったのかもしれない。そう思って、開け放したままの台所の小窓を覗くと、すぐそこに夫の後ろ首が見えた。囁くような声と、チャリチャリと鍵の鳴る音がしている。夫の頭でよく見えないが、誰かを相手に話しているようだ。

いやな予感がした。ガスの火を絞って居間に戻った。タンスの上段の小さな引き出しにノートとボールペンを直した。奥の部屋に眼をやると、娘は身体を芋虫のように縮めていた。顔を覗くと、怖い夢でも見たのか眉をしかめて、うっすら眼まで開けている。傍の蚊取り線香は燃え尽きていた。

今まで手紙を書いていたせいか。それとも、月のものが終わったばかりのせいか。夫の云いなりになりたくないものが頭を擡げてきた。

「いやだ。いやだよ。五度目はいや」

独りごちていると、

「お母さん」

娘の声がした。

振り向くと寝言だった。今しがたのしかめた眉は解けて、いつものいい寝顔に戻っていた。置き時計は十一時だった。

蚊取り線香に火を点けた。

「もし、今夜、夫が男を連れてきたなら、娘を胸に抱えて、娘を盾にして、奥の部屋に立て籠ろう」

娘はきっと、怯えて、火のついたように泣くだろう。

意気込んで台所に戻ったが、小窓の向こうに夫の後ろ首はなかった。さらに路地を覗いてみたが、人はひとりも歩いていなかった。

家々の軒の灯は消えて、路地は暗かった。雨でも来るのか、むっとした暑気の中に、生臭い水のにおいが漂いはじめていた。

夫のためにと刻んでおいた高菜漬けで茶漬けを流しこんだ私は、娘の横に寝そべった。気持ちが高ぶっているのか、眼は冴えている。腕枕をして、天井を見つめた。見つめているが、天井板の模様が眼に入ってくるわけではなかった。何も見ていなかった。

気持ちは高ぶっているのに、もうノートに向かう気はなくなっていた。

文章にすると、なんだかきれい事にすり替えてしまいそうだ。そんな気がする。物になるって、きれい事じゃない。それに、自分がだんだんに分からなくなっていく。前世の約束事に翻弄されている可哀想な女でしかないような気がしてくる。可哀想な女ではいけないのだろうか。私は本当に見知らぬ男を相手に物になったのだろうか。

あのころ、私は可哀想な女だった。

篠崎の来ない夜は物になってやるとヒステリックに吠えて泣いていた。吠えるしか、子どものように泣くしか、篠崎を待つ淋しさを紛らわすことができなかったからだ。

泣き声が大きくなると、顔も知らない隣の住人が、ステレオのボリュウムを上げて、私を我に返らせてくれていた。

篠崎が私の勤め先、衣料品の問屋に繊維会社の営業マンとしてはじめて廻ってきたのは、確か、父の家を出て、二度目のアパートに越して、一カ月ほど経ったころだった。

横に寝ている娘をちらっと見たあと、篠崎逸夫の顔を思い出そうと私は眼をつむった。男にしては、長すぎる指は思い出せるのに、その顔はくっきりと浮かんでこなかった。そういえば、篠崎はつき合っているときから顔のない男だった。私に顔を隠す男だった。だから、追いかけてしまったのだろうか。もし篠崎と出会わなければ、夫と結ばれることもなかったはずだ。

処女でいたくない。ほんの少しの冒険心から彼に接近していったのに、いつの間にか、私は、私の部屋を訪れる篠崎を陰気に待ち暮らすようになった。

篠崎に妻のあることを知ってからは、彼のために食事の支度をしたくなった。彼の下着も洗いたくなった。彼がうたた寝をはじめると、毛布を掛けてしまう。

篠崎は、身のまわりの世話を焼きたがる私の甘えを鷹揚に受け止めてくれていたが、私は知っていた。鷹揚さは計算ずくで、妻と別れてまで私と暮らしたがっているわけではないことを。私の方も妻のいない篠崎逸夫など、すでに考えられなくなっていることを。

心を荒立てず、このまま篠崎と会い続けるには、石のような物になるしかないことも私は分かりはじめた。しかし、あのころ、物になる方法を知らなかった。死んだら物になれることは分かるけれど、死ぬ勇気はなくて、いとこを、篠崎しか入れたことのない部屋に誘うようになった。それしか、死なないで居続ける方法が思いつかなかった。

しばらく私は変則的にやってくる二人の男のために、風呂を沸かし、食事の支度をし、洗濯をし続けた。その間も、風呂場で屈んでもみ洗いを続けた。四年生の春に体験した頭と手の分離感が、ときおり襲ってくることがあった。

そして、気がつくと、今は夫であるいとこの下着だけを洗っていた。

子どものころ、乱暴者で女の子の友だちの少なかった私は、少年だった夫とよく一緒に遊んだ。確か、小学校に上がったばかりのときだった。私は、母からプラスチック製の裁縫箱のお古をもらった。

千代紙を入れるには小さいし、針山を作ってもらい自分専用の針箱にする考えも浮かばなくて、私はある期待を抱いて少年だった夫に相談を持ちかけた。

「ねえ。これに何入れたらええと思う？」

「……」

「ねえー」

「うーん」としばらく悩んでいた夫は、突然大きな声で云った。

「ええこと考えた。二人の宝物をここへ入れよ。それからな、どこか秘密の場所に埋めよ。それからな、おおきなったら、箱を掘ってみよ」

夫は私の期待通りの答えを提案してくれた。

いつか、一緒に開けようと、二人は約束し合って、野ばらの咲く原っぱの片隅に宝物の入った箱を埋めた。

その箱の中に二人がどんなモノを持ち寄って入れたかは覚えていないが、二日後、いとこに内緒でそこを掘り返したことは覚えている。

箱の中は空っぽだった。

十日後に掘り返したときも空っぽだった。

二十日後に掘り返しても、空っぽだった。

少女のときから、私は夫の性格を知っていたのに、篠崎とのさみしい関係を紛らわすために夫を頼った。いや、利用した。夫なら分かってくれるとでも思ったのだろうか。


いつまで経っても夫との関係は同じだ。

箱を開けた瞬間、宝物を失った怒りよりも、少年の一面を見てしまった間の悪さに、心が妙に気遣いに満たされてゆくのを味あわされるだけだ。子どものくせに、土を掘り返したことを気取られるまいと、少年を相手に精一杯平静を装った。

物音がするので、耳を澄ますと、雨の音だった。大粒の雨らしい。渇ききった土が急に水を吸っている。土埃のにおいが、部屋の中まで入ってきた。私は慌てて、開け放したままの窓ガラスを閉めに立った。

夜中なのに、居間にも玄関にも日向のにおいが急に侵入してきた。

「明日の面接の件だけは一言夫に云っておきたかったのに」

台所の小窓を閉めながら、私は呟いた。

昼食の片づけをすますと、娘に他所行き用の服を着せた。自分も紺色のプリーツスカートに穿き替え、他所行き用に直してあった絹の白いブラウスを着た。買っては使わずに直してあったイミテーションの鎖の首飾りを取りだし、あるだけ全部首にかけた。ちょっと重いが、バー向きに華やいだ感じになった。口紅を塗る私を娘は不審そうに見上げている。

どうしよう。

お義母さんに預けようか。

それとも連れて行こうか。

朝起きたときから、娘を面接場に連れて行こうか、行くまいかを迷っていた。まだ迷っている。一人なら、それほど惨めではないが、娘を連れて行くとなると、やはり惨めだ。母娘連れはどうしてこうも惨めになるのだろう。

そんなことを考えていると、夫の後ろ首が浮かんできた。後ろ首が消えると、夫の不貞腐れた顔が浮かんできた。不貞腐れた顔が消えると、今度は伏せたまぶたをひくひくと痙攣させている夫の顔まで浮かんできた。昨日、電話中に浮かんできたあの顔だ。

「なんでしたら、昼間のことだし、子ども連れで来て下さっても構わないのよ」

そう云ってくれたが、甘えるわけにはいくまい。そう決めると娘に声をかけた。

「今から、おばあちゃんとこへ行くんよ」

娘は他所行き用の服に着替えさせられたものの、いったいどこへ行くのだろうと不安に思っていたらしい。いつもより大人しかった。やっと謎が解けて安心したのか。

「おばあちゃんとこ行くの。おばあちゃんとこ行くのあたち」

急に狭い部屋の中を転々と駆けはじめた。

外へ出ると、作業衣姿の夫が、私たちの住まいの前で立っていた。待っていた。私は少しびっくりした。

「面接やろ。社長がついていってやれって。間口の狭い店やから。おまえついて行ってやれって。社長命令や」

「ふーん。店知ってるんや。どんな店?」

夫の眼を見ないで聞くと、

「カウンターだけの長い長い店や。うなぎの寝床みたいな店やで」

夫はぶっきらぼうに私を見ないで云った。

「ふーん」

屈んで鍵をかけていると、夫は娘の手を引いて歩きだした。

「あたちの一番好きなもの、お母さん」

夫が娘に云わせたのか、疳高い声が路地に響いている。

上手く鍵がかからない。

やっとかけ終わったときには、路地から夫と娘の姿は消えていた。しかし、娘の声は響いていた。背筋を伸ばしながら、私は電話中に浮かんできた夫と娘の二人並びの光景を思い出していた。

早く二人に追いつこうと、慌てて駆け出した。

「痛」

昨日文具店の前で転《こ》けた時の左膝が今ごろ痛み出した。

路地を抜け出ると、夫と娘は十メートルほど先を歩いていた。

「あたちの一番好きなもの、お母さん」

まだ云っている。

お母さんという呼び方は嫌いだった。そんな呼び方をすると、そのお母さんの運命を娘が背負いこみそうで嫌いだった。

自分の娘にだけは、舶来ことばのママと呼ばせたかったのに、片言しか話せない時分から、娘はどこで覚えてきたのか、子どものくせに低い声で、お母さんとしか呼んでくれなかった。

私は眼を大きく見開いて、左足を引きずりながら、娘たちの後を追った。

うなぎの寝床か。奥に長い店か。

そのうなぎの寝床で、三人が並んで面接を受ける光景を思い描いていると、いつの間にか、夫と娘と私が、三人並びで襖を睨んでいる光景にすり替わっていった。

襖の向こうには物がいる。

ふらけ

1

枕元の置き時計を見ると午前三時。

豆電球だけの薄暗がりの中で、宥《ゆう》は恥ずかしそうに身体をくねらせ、今みた夢はちょっと他人《ひと》には云えない夢だ、と呟いた。

夢には一人男が出てきていたが、男には顔というものがなかった。しかし、首筋に触れてきた男の唇の柔らかさには覚えがあった。

宥は、また少し身体をくねらせた。

ベッドを下りて裏窓を開けた。

「はっ」、息を呑んだ。

手を伸ばせば摑めそうな近くまで、桜が枝を伸ばしてきていたからだ。

枝には二房花がついていた。街灯の具合か、花は白と淡いうす紅のまだらで、花芯まで覗かせていた。

枝を追っていくと、花はだんだんと盛んになって白っぽいトンネルを形成していた。細い裏道を隔てた向かいの家が桜の持ち主だった。

花は片側の門柱をすっぽり覆って、しんと咲いていた。

「すごいなあ。すごくきれいやなあ」

云ってしまって、宥はしまったというふうに下唇を咬んだ。それから、眉間を寄せた。

桜は好きな花ではなかった。

「きれいやなあ、なんて」

こんな夜更けに、二階から見下ろす形で花を見てしまったせいだ。それで、「きれいやなあ」ということばが口をついて出てしまったに違いない。

きっと、そうに、違いないと思ってみるのだが、宥は自分のことばに納得できなかった。

棘のある野あざみを摘むよりも、毒花といわれる曼珠沙華の茎の汁を気にして手折るより、もっと触りがたい畏怖を桜の可憐な花びらに持つようになったのはいつだったか。

小学五年生になったばかりの春だった。

今では、大阪弁を巧みに使う大阪っ子になりきっている宥だが、生まれてから、小学五年生の秋までを、三重の伊勢平野にある宮川町に過ごした。宮川町には宮川という川が横たわっている。その宮川の水は伊勢湾、太平洋へと注がれている。

「この川はなあ、お祖母ちゃんの住んでる山の村からずっと続いてるんやに。そやからな、宥。この川に流れてる水はなあ、お祖母ちゃんとこの深い川の水と同じなんやに、同じ水が流れてるんやに」

母にそう教えられても、子どもの宥には、祖母の住む田舎の山あいの荒々しい川と、宮川町に横たわっている幅の広い、たっぷりと水を湛えて流れる川の水がどうしても同じものとは思えなかった。

第一水の色が違う。お祖母ちゃんとこの深い川は緑色をしていると思うのだった。

春になると、宮川の河原には桜が咲き乱れる。その下で、持ち寄った握り飯や、おかずを分け合って、食べ合うのが、宮川町近辺の人々の、春の行事の一つだった。夏には、河原で花火大会も行われた。

その春、父が仕事を棄て、どこかへ行ってしまうという離散のまっただ中にいた宥の一家は花見どころではなかった。今まで住んでいた家は追われ、母は働きに出るようになった。花見の行事に加わることもなく春をやりすごしていた。

ところが、社宅を追われ、間借りした家は、宮川の土手のすぐ下にあったので花見には参加できないものの、毎日桜を眺めることができた。しかし、離散一家はどこやら、肩身が狭かった。

まるで余所者のようにこそこそと、桜の下に集う人々を眺めている自分にも気づかされた。

「桜も散ってしもたし、今日からは花見にくる人もおらんようになる」

土手は透き通るような春の陽をうけて光っていた。宥は、朝から、その土手を上がったり、下りたりして遊んでいた。

草むらに、異様なものを見た。

それは赤黒い血のついた棒きれと、よれよれの日本手拭いであった。何だろうと、さらに眼を泳がせていくと、向こうの方にも、血のついた衣類の切れ端が、落ちていた。しおれて紙くずみたいになった桜の花びらに混じって汚く落ちている。

母は、土手に向かってぱちぱちと洗濯物をたたいていた。

「お母ちゃん、あれは何？」

草むらの黒い血痕を指さすと、母は駆け寄ってきた。

「どれ、何や。ああ、あれか、あれはなあ、喧嘩のあとやに。大人になるとなあ、みんな桜に狂うんやに。桜はきれいや。散るときが一番きれいや…。桜の下でお酒呑んで、大人は狂うて喧嘩をするんやに。さあさあ、子どもはあんなもの見んでもええ、土手で遊んどらんと、こっちで遊び、こっちへおいない」

母はこともなげに云うだけだったが、宥は黒い血痕を見つめながら、もう違うと思った。

前の家のときにいつも一緒に学校へ行っていたホルモン屋の美代ちゃんとも、いつも喧嘩を仕掛けてくる大工さんとこの平夫くんとも、クラスで一番きれいなオケタニさんとも、もう違うと思った。

宥の幼い頭の中には母が父を罵るとき、いつも口走るカノジョ、お父ちゃんのカノジョということばが、まるで黄色い蝶蝶かなんかのように、ぐるぐる旋回していた。まだ見たことのない、カノジョってどんな人だろう。

「きれいな人やろか。お母ちゃんはこのごろ、いつも怖い顔で、お父ちゃんは、カノジョのとこへ行ってしまったと云うてるけど、本当やろか。もしも、もし、カノジョがきれいな人でなかったら、あたし、絶対いやや」

宥は自分の身体の中に、ホルモン屋の美代ちゃんのまだ知らない、（あたしだけが知ってる黒いかたまり、大人）が忍びこんでくるのを、ゆっくりと感じていた。

「今度お父ちゃんはここへ、子ども用の自転車を持ってきたるいうてたけど、そのときに聞いてみよ。本当にお父ちゃんがカノジョのとこにおるかどうかを…。そやけど、そんなこと聞いたら悪いやろか」

宥の中に忍びこんだ大人は、思慮深く、なぜか気弱く逡巡するのだった。

そのときから、桜には赤黒い血がつきまとうものだと思いこんでいた。そして、桜は子どもを大人に変えてしまうものだとも思いこんでいた。

幾つになるまで、桜の花びらに爪を立てると、赤い血が出てくるのではないかという連想を半ば信じて、払拭できずにいたかはもう忘れたが、そんなことはないと分かってからも、宥は桜が怖かった。

「花びらに爪を立てると、赤い血が吹き出る。だからきれいに見えるんや」

たわむれに自分に云い聞かせてみるが、まだなお、自身の発した「きれいやなあ」

ということばに納得のいくものではなかった。

急に身体が冷えてきて、厚みのない小さな胸を両腕で抱えた。それから、「きらいや」と声を立てた。

その声のあまりの大きさに、宥は大きく眼を見開いて辺りを見廻した。ちきちきと置き時計の音が聞こえてきた。

窓を閉めても、眼の裏にはまだ花の白い明るみがくらくらしている。

寝床に戻った。

寝床にはまだぬくみが仄かに残っていた。冷えた身体にそのぬくみがいい気持ちなので、すっと寝つけそうに思えたが、なかなか眠れない。

うす暗がりの中に、張り裂けんばかりに眼を開けた宥は、こんな寝つけない夜、いつも夢見る嘘を反芻しはじめた。

半年前に別れた大さんが、さっき夢で会ったばかりの大さんが、真っ赤な天井のないスポーツカーを運転して「帰ってこいよ」と宥を迎えにきてくれるのだ。

嬉しそうに真っ赤なスポーツカーに乗っていく自分を夢想してみる。次に意地を張って乗っていかない自分を描いてみる。今度はまた乗っていく自分を夢見る。

2

ベッドの上で両腕を大きく左右に拡げて伸びをする。春休みで学校は休みだ。二十一にもなって、まだ幼児性が抜けない。休みには、なんとなく早く眼が覚めてしまう。ところが、学校がはじまると、とたんに登校拒否児みたいに、宥は朝寝坊になる。夜行性動物になる。

こんな癖も三年前にはなかった。学生運動の仲間に加わって行動を共にするようになってついた癖だ。

炒めたもやしを卵でくるんだのと、フランスパンと、インスタントコーヒーで朝食をすました宥は裏窓を開け放して部屋の掃除をはじめた。久しぶりの掃除だ。掃除機はないので、その掃除はもっぱら雑巾がけである。

雑巾を持ったまま、窓枠に寄りかかり外を見る。朝の桜は、夜とは別の顔をしていた。そそとしている。

「桜って、案外、夜行性の花やなあ。あたしと同じや」

宥は意地悪く唇を歪め、声には出さず桜をなじった。

十一時すぎ、時間潰しに読む推理小説を買いに外に出る。

アパートの玄関を左方向に出て、左に曲がっていくと、古くからある市場や、銭湯のあるこの町のメイン通りに出るのだが、宥は右に出て、右に曲がって、小川にそった細い裏道を歩いていった。

花冷えだろうか、冬に戻ったように寒かった。それでも小川の表面は、春の陽射しを受けてきらっと光っている。

本屋の前まで来たのだが、本屋に入らず、そのまま通り越す。夜になると活気をおび出す、飲食店の並ぶ湿った路地へ入る。その路地の終わりにあるパチンコ屋の前まで、足が勝手に来てしまう。路地を抜け出たところが、この町の駅前通りだ。

パチンコ屋に入っていくと、顔見知りになったパチプロの一人が、「来たか」という顔を向けてきたので、「来たわ」という顔で応えた。パチプロは背の高い、ずんぐりと身体の大きい、笑っていてもどことなく怖い感じのする男だ。眼がどろんと、にごっているせいかもしれない。このパチンコ屋に出入りする常連は、皆なんとなく、このパチプロに一目おいているようだ。宥も一目置いている。しかし、この男と目顔であいさつを交わすだけで、まだ話したことはない。

宥のパチンコは百円パチンコで、パチンコに百円以上投資しない。玉がなくなれば、潔く店を出る。お金が乏しいせいもあるが、根っからのギャンブル好きでないせいだ。

タバコ皿に吸い殻の沢山詰まっている台がよい。次にチューリップの上にある釘のバランスを見る。右の釘が少し上がっている方が、引っかかりやすくてよい。そんなこと、プロでなくともわかるわっといった顔で、両手で玉を持ち、腰を落としてゆらゆら通路を歩いていく。立ち止まっては、空き台をたんねんに見る。格好だけは、年季の入った博打打ちのようである。

通りがかるキュロットパンツを履いた宥に、玉を弾く見知らぬ男が、好色そうな眼を投げてくる。宥は男のそんな視線に、ちらりと流し目を送って返す。そして、小さく背を竦める。

クラスメートからエロダヌキと仇名されているのは、そんなふうに好色そうな視線にものおじもせず、どちらかというと嬉しがっているせいだ。しかしこのごろの宥は、今みたいに媚びるような流し目の安売りをしたあとは、これではいけないと深く反省するのである。

宥の百円パチンコは勝ち越し出すと、時間がかかる。たったの百円では、パチンコの玉の数はしれている。しかしその打ち方は律儀だ。一つ玉の行方が定まるまでは、次の玉を弾かない。きまじめに一つ玉を追いながら、ときどき、にやりと笑う。すると、受け皿に玉がじゃらじゃらと押し出されてくる。

一時間ほど粘って稼いだ玉をハイライト五個に替えると、勝ち誇った、どうだといわんばかりの顔をパチプロ男に向けた。パチプロはもうそろそろお帰りかという顔を向けてきた。そのとき、突然、軍艦マーチが音高く聞こえてきた。宥は軍艦マーチに歩調を合わせて店を出る。

店を出てもまだ軍艦マーチが聞こえてくる。その音から歩調を外そうとするのだが、外せない。立ち止まってみたり、歩幅を変えてみたりを試みるのだが、どうもいけない。聞こえてくる軍艦マーチになぜか歩調が合ってしまう。諦めて、軍艦マーチに歩調を合わせたまま、パチンコ屋の並びにあるうどん屋に入る。

うどんを食べたあと、宥はパチンコ屋の向かい側の映画館へと戻った。この映画館は、いつも三本立てで、外国映画を上映している。マーロン・ブランドの出ているラストタンゴ・イン・パリが上映されていた。

重いドアを開けて中に入ると、別の映画の途中だった。ミリタリー・ルックの主演のかわいい男が、インディアンでも出てきそうなはげ山を、一人でふらりふらりと鉄砲も重そうに歩いている場面だった。脱走兵かしらんと思う。

三本とも見終わって外に出ると、もう夜になっていた。

路地の赤ちょうちんに灯が入り、「いらっしゃい」の声が飛び交っていた。

路地を抜け出た宥は、本屋の斜め向かいにあるフランチェという喫茶店に入った。フランチェは年中無休の店だ。ここへは、このごろ毎日コーヒーを飲みにくる。一日一度ここへ来ないと落ち着けない。忘れ物でもしたようにむずむずしてくるのだ。

いつもいる、小太りのウエイトレスのお姉さんはいなかった。二十七ぐらいだろうか。お姉さんには、学生ふうの若い恋人がいる。彼とは、店で一緒になることがある。こそこそとお姉さんにお小遣いをねだっている。「弟よ」とお姉さんは云っているが、どうも骨相が違う。お姉さんの顎の骨は横に張り出すように発達しているのに、学生ふうの男には発達した顎骨がない。「ひも」っぽいと思っているが、宥はつとめてそれを顔に出さないようにしている。

「今日は朝から米を食べていないなあ」

思いつつ、サンドイッチとコーヒーを頼む。腕時計を見ると、八時を過ぎていた。コーヒーを飲みながら、さっき見たマーロン・ブランドの顔を思い浮かべた。将来、マーロン・ブランドのような欲求不満の中年男が現れたなら、例えインポテンツでもいい、抱かれてもいい。不思議な映画のストーリーをなぞりながら空想したり夢想したりする。

大さんはマルチェロ・マストロヤンニが好きだと云っていたが、マストロヤンニのどこにエロというか、色気があるのかわからない。どちらかというと、彼のようなタイプは嫌いだ。彼のファンには悪いが、気持ちが悪い。彼にはインポテンツになるような繊細さが感じられない。

本屋に入って、文庫本になった推理小説を三冊買う。街灯がなくて暗いが、来るときと同じ裏道を帰った。

二階の一番奥の左手にある自分の部屋に戻った宥は、すぐに裏窓を開けた。

翌日も、眼を覚ますなり裏窓を開けた。風があるのか、花びらがちらちらと散りはじめている。昨日より暖かい。

宥は小さい薄ぺったいアルミ鍋に米を一合研いだ。その中に食べ残しの塩鮭を千切って入れる。ほんの少し醤油を落として、ガスコンロにかけた。鮭釜めしである。

煮上がるの待ちながら、シーツの洗濯をはじめる。

洗濯機は宥の部屋の前、廊下に置いてある。共同洗濯機だ。家賃と別に千円渡しておくと、勝手に使っていいことになっている。

そして、廊下を隔てたむかい側が、共同洗面所になっていて、奥にトイレが二つある。洗面所の隣、宥の部屋の斜め向かいには、昨日行ったパチンコ屋に勤める初老の夫婦者がひっそりと、大声を立てないで暮らしている。

宥は三度ほど、水色の制服を着たおじさんをパチンコ屋で見かけている。ついでに今着ている服も身ぐるみ脱いで洗う。

できあがった釜めしは米が少ないせいか、ぐつぐつとできた穴から鍋の底を見せている。「釜めしはあまり蒸さない方がおいしい」独りごちながら、お茶を入れる。湯呑みを机の上に置くと、机はたちまち食卓に変わった。

午後から昨日買った推理小説を読みはじめる。机にむかって読んでいたが、くたびれてきたので、ベッドに寝ころぶ。

横になった宥は、小説の最後、結末を先に読んだ。それからまた、読みかけの前へと戻った。右をむいたり、左をむいたり、俯いてみたり、宥は五分もじっとしていない。

本を読み出して、一時間程経っただろうか。

「小川さん、電話やで」

管理人のおばさんがドアをノックしてきた。

どきんとした。

身体がベッドの上で飛び上がりそうになった。瞬間、本が手を離れ、畳の上に落ちた。本はぱたんと音を立てた。

「はーい」

間延びしたような返事をしながら、宥はドアとは反対方向の、奥にある流しの方へと歩いていった。「大さん」だと思いつつ、なぜか、水道の蛇口をひねっていた。

3

今のアパートへ越してきて、半年になる。

それまでの一年と少し、宥は大きな二階建ての、部屋の中まで何度ほどか傾いた古アパートの四畳半に住んでいた。

元やくざとか、酵素研究者とか、かなりな変わり者が住んでいるせいなのか。それとも、家が傾いているからなのか、よくは知らないが、アパートは辺りの人々からアパッチ部落と呼ばれていた。

そこで宥は大さんと半同棲のような暮らしをしていた。厳密にいうと、半同棲は半年ほどで、後は、大さんを待ち暮らす独り暮らしに近かったが。

アパッチ部落の前には淀んだような二メートル幅のどぶ川が横たわっていた。そのへりには、りんご箱のゴミ入れと、使われなくなった古びた涼み台と物干しが並んでいた。

それらは、どれも雨風に晒されて、灰色の風景の一部と化していた。部屋の中は、食後すぐに頭の位置を間違えて寝ころぶと、嘔吐を催すほどに傾いていた。

宥が大さんに出会ったのは、御堂筋デモのときだった。

どこの大学でも盛んになりつつあった学生運動、全共闘運動というものに、あまり興味はなかったのだが、友人の治江に誘われてデモに参加した。

生まれてはじめての経験だった。その散会のとき、治江に大さんを紹介された。治江と大さんは同じセクトだった。

「小川宥といいます」

自己紹介中、大さんはまともに宥の顔を見ようともしないで、ゆくゆくは、禿げる可能性のありそうな広い額を手の平で隠しながら、落ちてくる前髪を斜めになんとか格好よくおさめようと、しきりに繰り返すのだった。

色あせたうぐいす色のだぶだぶのアノラックが似合っている。デモの前に宥も無理に被らされた同じ白いヘルメットを大さんも肩にかけている。女の子のように、前髪を伸ばして横に流している。そんな大さんのことを宥は「ちょっといいな」と思った。

大さんの学校はすでにストライキに入っていた。宥の通う学校はストライキに入っていなかった。それで宥は、えーい、ままよと、治江に倣って、休学届けを出し、治江と一緒に大さんのまわりをつきまとうようになった。

大さんと二人きりでコーヒーを飲むようになるのに、それほど時間はかからなかった。昼ご飯もときには二人で摂るようになった。

二人きりになると、大さんは思想的な話や学生運動に関する話は、ことさらのように避けた。

それは、宥が、マルクスもレーニンも、クロポトキンも、トロッキーも何も読んでいないからだ。前書きを読むだけで眠くなるという宥に大さんはとても寛大だった。

それに大さんには少しおっちょこちょいのところがあった。まだ手を握りあったこともない宥を相手に、田舎から奨学金を幾らもらって、アルバイトで幾ら稼げば、貧しいが結婚生活が送れるなど、はにかみながら、真剣に聞かせたりするのだ。彼は医学部の五回生だった。

きっとこのおっちょこちょいが、彼を全共闘運動へと走らせたのだろう。宥はふわふわと思うのだった。

宥をデモに誘った治江は、いつも原点にこだわった。

「私の原点はウテルスよ。ウテルスから解放されたい」

彼女はよくそう云った。

母や自分の子宮、ウテルスから解放されて彼女はたぶん革命家になりたいのだろう。彼女はそれほど子宮に束縛されているのだろうか。治江はいつも行く深夜喫茶で、兄弟仁義という北島三郎の唄を鳴らした。ジューク・ボックスから親の血を引く…、と唄が流れてくると、宥はなんとなく錯覚に陥る。治江と姉妹になり運動をやっているような。心は妙に痺れた。

大さんに出会って一年ちかくが過ぎた。夏は終わりにさしかかっていた。全共闘運動も終わりにさしかかっていた。

陽ざしがあまりにもきつすぎて、反って暗く感じさせる真昼時、大さんと宥は帰り道とは反対方向の奥へ、奥へと歩いていた。

さっきまで二人はいつも一緒に行くホテル街の喫茶店でコーヒーを飲んでいたのだった。そこで二人はコーヒーのお代わりまでしていた。喫茶店はホテル街の入り口で、奥には人目を忍んで男女が訪れる家が密集している。もうそろそろいいだろう、と宥は心の中で、捨て鉢につぶやいていた。なんだか、わけ知り女になったような気分にもなっている。大さんの顔をちらっと見ると、ちょっと怒ったような顔をしている。

指先で前髪を横へ流している。

二人は同じことを考えていた。二人は安ホテルの一室に入った。デコボコのデコレーションで飾り立てた外見に似合わず、その部屋には風呂もなかった。写真などで見る外国の安アパートのようだった。

しばらくすると。

大さんは手回しよく二人で住む部屋まで借りてしまった。そこがアパッチ部落だ。大さんのおっちょこちょいには勢いがあった。宥は煙にまかれ、やがて大さんに引きずられて行った。未来設計も持たず、まあいいじゃないか、とうそぶくのだった。宥は自分の家に帰らなくなった。たまに帰ると、母や妹たちに隠れるようにして、お茶碗や鍋を安アパートへと運んだ。

アパッチ部落は大さんの実家の隣町にあった。嵩高い道具は大さんが用意した。昼日中古毛布を一つ提げてきた。翌日には古いガスストーブを運んできた。

季節は冬を迎えようとしていた。

鰯を食べたいという大さんのために、宥は生まれてはじめて、夕飯のおかずに鰯を煮つけた。何事も形から入るのがよい。サロン前掛けをつけた。そばで煮上がるのを待っている大さんを意識しながら、料理に挑んだのはいいが、途中で自信がなくなってきた。醤油の煮詰まるニオイをかいでいると、辛くなるのではないかと心配になってきた。水を差した。結果鰯は生臭く仕上がった。

失敗作の生臭い鰯の身を、大さんはプレゼントの包装紙をめくるような手つきでほじっている。

「今どき、鰯がたける若い女はいてへんで」

大さんは満足そうだ。

誉められているのか、慰められているのか、宥には、はっきりわからない。

「おいしいで、自分も食べてみ」

大さんは誇らしげに、さもうまそうに食べている。

口に含んでみると、やっぱり思った以上に生臭かった。食事中、川島さんと治江の話が出た。

だれにも内緒にしとけよっと念を押し、ここではだれ憚ることもないのに、さも重大事を打ち開けるように、大さんは声をひそめた。

いつごろからか、治江は大さんのクラスメートの川島さんと恋人同士になっていた。

「川島が東京へとんずらしてしもた」

「えっ」

「どうやら医者になることを捨てるつもりらしい。それにな、彼女妊娠したらしい」

「えっ」

「だれにもしゃべったらあかんで」

「いっこも気いつけへんかった。治江って、どちらかいうと、もともと妊娠体型やもん」

「……」

「こないだ確か虫歯を抜いてた。妊娠中に、歯を抜いたらあかんのとちゃう？　流産するって聞いたことある」

三本もいっぺんに抜いたと云っていたが、あのとき妊娠が分かっていたのだろうか。もし分かっていたとしたら、流産を覚悟していたのかもしれない。もし、そうなら、悲しい。鼻も眼も口も皆小造りな、色白の治江の顔を宥は思い浮かべた。

顔は小づくりなのに、ちょっと肥えている。治江には中年女のような雰囲気がある。

そのせいか、川島さんの恋人というより、古女房のような感じだ。治江はいつも、川島さんのことを「川島が」「川島が」と、自分の持ち物のように呼び捨てにしていた。

「東京で生むつもりやろか」

「たぶんな…」

治江とは対照的にがりっとやせた川島さんは大さんの学部では一番の理論家だった。アジのうまいことでは一人抜きん出ていた。団交の時、川島さんは階段教室の中央で、教授のまわりを歩きながら、大阪弁と標準語を上手に取り混ぜて、次から次へと、大学病院のあり方を糾弾していった。

「来年度完成予定の新館も、なんと差額ベッドばかりと聞いておりますが、ほんまでっか」

「ここでは、あえて、教授の名前は伏せておきます。某教授としておきます。某教授は北の新地の高級クラブの常連らしい。ところがですよ、某教授はそこの高級クラブで自分の金は絶対遣わないらしい。支払いは全て某製薬会社。ええんですかネェー。実は今ここに、そこの高級クラブのママの名刺をもっております。僕のズボンの右ポケットに入っております。小型の女名刺です。なんなら見せまっせ」

と、いった具合である。そんな時の川島さんは、うっとりするほどの男っぷりだった。

陽の当たらない国の人のような青白い肌をした川島さんは、極太糸のような艶のないまっ黒な髪の毛を女の子のように、おかっぱにしていた。宥はそんな川島さんの風貌に、よく切れる刃物の刃先のようなものを感じていた。

彼はこの二カ月の間に二度自殺未遂らしきことをやったと聞いている。本当に死ぬ気だったかどうかは、誰も分からなかった。現に彼は今も生きているからだ。

宥は二度ともその現場に居合わせなかったが、一度は治江の止めるのも聞かず、コンクリートの電柱に頭を打ち続けて、頭から血を流したそうだ。もう一度は舌を咬み切ろうとしたらしい。皆で慌ててタオルを川島さんの口の中に押し込んだと聞いた。二度とも酒を飲んでいたらしい。

「問題は酒の量やねん。飲み過ぎると青なって、次には死にとうなるんよ。川島の場合」

治江は小さな口をさらにすぼめて、そう云った。懐が深いのだろうか。その云い方は川島さんの酒癖の悪さまで私《わたくし》するようだった。

そんなに惚れて、ウテルスからの開放はどうなるんだ。あたしたちの兄弟仁義はどうなるんだよおー、と抗議したくなったが、事は男女問題、深くは立ち入ることはできなかった。でも宥は、そんなふうに男に惚れる治江をすごいとも思った。

「小川さん、僕はねえ、八十年を信じている。八十年安保だよ」

アジるときの、流れるような、それでいて、説得するような声音で川島さんが耳打ちしてきたのは、いつだったろう。

そのとき、彼は、

「治江をどう思う？」と聞いてきた。

「どうって？」

「女が見てさ」

「同性として？」

「うん、同性として」

「いい女やない。一見母親、母性のイメージやけど、彼女って、案外女かもね」

そのくせ、治江はどこか、混沌としていた。川島さんを私物化しているくせに、一方で、川島さん以外の男との噂もまき散らしていた。それで、宥は少し曖昧に答えた。

するとと川島さんは、

「小川さんは女を見る眼がないなあ。男を見る眼はあっても」

急に茶化して、妙にさぐるような、何か云いたげな顔を、ふふふっと含み笑いに隠してしまった。あんなことを聞いてきたのは治江が妊娠したからだったのか。宥は川島さんとそんな話をしたことはおくびにも出さず、大さんに話し続けた。

「東京へ行くことで、理論通りにいかなくなった学園闘争に見切りをつけたんかもね。それとも彼のことやから、医者になることを捨てるという形で、自分の論理というか、思想に殉じたんかもしれへんね」

「……」

「東京へ行って、二人はどうするんやろ。職業革命家にでもなるんやろか。川島さんって、医者なんかより、検事なんかの方が性に合うてるかもしれへんね」

「……」

宥の話を聞いているのか、いないのか。大さんは無口に鰯に取り組んでいる。中骨を持ち上げて、また一つと、皿の端の方へと重ねた。

二人について詳しいことは宥には分からなかった。自分とは関係のない勇ましいことのようにも、そうでないことのようにも思えてくる。男と女のさだめのような気もしてくる。他人《ひと》は二人のことを駆け落ち、負け犬と噂するだろう。噂は噂以下に落とされることはあっても噂以上になることはないだろう。

いつの間にか、五匹とも鰯を食べてしまった大さんは、宥の皿の上をいたずらっぽい眼でちらっと見た。

大さんは、まったくのところ猫だ。それに、やはり、おっちょこちょいだ。深刻な話に乗ってこない。宥は自分の皿を大さんの方へ押しやった。

「南がな」

大さんは、やはりクラスメートであり、運動仲間である南さんの名前をつぶやいた。

「もし、医者になれなかったら、二人でタクシーの運転手にでもなろうやって云うてた。あいつ真剣やった。南は僕より逞しいけど、所詮はインテリや。医者になれなかったら惨めなもんや……」

「……」

「インテリは弱い…」

ぼそっとつぶやいた。

そのころからだったか。

徹底抗戦、徹底抗戦とうたい文句を唱えながら、大さんの学部の運動は下火になっていった。占拠という形で、学生たちのねぐらになっていた基礎校舎は、運動家たちが去り、学問の場へと戻っていった。大さんの日常も卒業と国家試験の準備に、それに裁判闘争にと色を変えていった。


大さんの運んできたガスストーブが赤い火を立てて燃えている。傾いた部屋の中を暖めている。

今日、昼過ぎ、大さんは一日早い、仲間内のクリスマスパーティーに出かけて行った。

「行くか」と大さんは聞いたが、宥は行かなかった。なんとなく誰とも会いたくない気分だった。暗くなったのに電灯もつけず、さっきからストーブの前で同じ姿勢でいる。膝頭を両手で抱いて、ときどきそこへ顔を埋めている。

「来年の春からまた学校へ行こうかな」

復学のことを考えた。それから大さんのことも考えた。

このごろ、大さんはすっかり社会人になってしまった。たぶん社会人に変わらなければ、先に進めないのだろう。あたしは、まだ社会人になれない。そのせいか、大さんと一緒に歩いていない自分に、大さんの考えていることとは別のことを考えている自分に気づく。もちろん中身ははっきりしない。なんとなく、「違う」と思うのだが、いつからそうなったのか、よく分からない。

流し台のむこうはすりガラスの窓になっている。ガラス窓の一番上一段だけ明かり取りのためにか、透明のガラスが入っている。そこに白いものが舞うのが見えた。ぼたん雪のようだ。

大さんはだんだんおっちょこちょいでなくなっていく。それがちょっと怖いと思う。

4

アパッチ部落での暮らしも半年が過ぎた。

車窓から遅咲きの色濃い八重の桜が見える。学校へ着いた宥は、今日の休講状況を見るために、校門を入ってすぐの校舎の出入り口に立った。掲示板の張り紙を眼で追った。宥の他に六人ほどの学生が掲示板の前でたむろしている。

「小川宥さん、小川宥さん、家の方へ連絡してください」

アナウンスが流れた。聞き間違いではないかと耳を澄ましていると、

「小川宥さん、家の方へ連絡してください」

また聞こえた。

宥はアパッチ部落の場所も呼び出し電話も、家の者に話していなかった。別に隠すつもりはなかったが、あえて聞かせる気にもならなかった。それで、学校の方へ連絡を入れてきたのだろう。すぐに校門の前の喫茶店に入った。家に電話を入れると、すぐ下の妹が出た。

「お姉ちゃん、おばあちゃんが死んだんよ」

「……」

「今日がお葬式やから、今すぐ帰ってきて」

宥は突然のことと、その存在すらすっかり忘れていた祖母のことで、妹にどう受け答えるべきか、ことばが出てこない。その上、自分のことしか考えていなかった近ご

ろの自分自身を思い知らされる。

「分かった」とだけ云い電話を切った。

喫茶店を出た宥は、ドアのガラスを鏡に全身を写した。自分の体型を探るように見つめた。ぶどう色の、上着の胸の辺りがやはり隆起している。

母に気づかれないだろうか。


祖母は明治生まれの六十六歳だった。妙に顔の大きい、身体の小さな人だった。

葬式に集まったきょうだいや、きょうだいの子から祖母は「姉やん」と呼ばれていた。「姉やん」の死は自殺だった。

妹たちの二段ベッドの上の段に細い紐を通して、その丸い穴へ大きな顔を押し入れ、小さな身体を細い紐に任せたのだった。

長屋の襖を取り外した部屋が弔いの場だった。母方の親戚の人は比較的小柄な人ばかりだったが、やはり狭かった。喪服も持たない宥は普段着のまま、隅の方で小さくなっていた。祖母の子である母は泣き続けていた。学校に呼び出し電話をしてきた妹は「お姉ちゃん、わたし、おばあちゃんにもう一つおりんご食べさせてあげたらよかった」と云っては泣いていた。

死ぬ前日、祖母が欲しがるりんごを、胃に悪いからと、食べ過ぎになるからと与えなかったことを悔いては泣いているのだった。宥は泣く妹に「りんご一つで死んだりするものか」とは、あえて云わなかった。故意に云わなかった。

祭壇にはりんごが山と積んである。妹が供えたのだろう。

白い布を取ると祖母の顔には化粧が施されていた。泣き虫の母に死化粧するゆとりはなかったはずだ。たぶん、死顔の化粧は妹のものだろう。お人好しにいつも小さな笑いを湛えていた細い眼は、眠るように穏やかに閉じられていた。

祖母は、宥が小学生のころから、その風体はお婆さん、お婆さんしていた。お婆さんになる前の祖母は、髪さえ赤くなければ芸者になれるほどの美しい人だったそうだが、宥が知ったときはすでに遅く、その面影すら残っていなかった。

祖母は一人父なし子を生んでいた。その恋が終わって、突如、お婆さんになってしまったのかもしれない。

父なし子の父親は父なし子が生まれる前に死んでいた。永らく結核を患っていたらしい。戦前の戸籍制度は何かと面倒だったのか、父なし子の父親は、自分の長男、宥の父と、祖母の長女、宥の母との結婚の約束を遺して亡くなった。父なし子を祖母に遺す贖罪だったのかもしれない。

母と結婚した父は、賭け事と女遊びを繰り返しては、借金をつくった。祖母はその父のこしらえる借金をずっと穴埋めしてきた。宥が小学四年生になったころ、祖母は宥の父のためにもう穴埋めする金も気力もなくなってしまった。

そのとき、宥の父は仕事も辞め、母と宥たち娘三人を放って、どこかへ行ってしまった。

何年か経ち、大工に仕込んだその父なし子（宥はお兄ちゃんと呼んでいる）に祖母は養ってもらうようになったのだが、最近、そのお兄ちゃんが病気で働けなくなった。葬式に集まった人たちは、それが苦になって、ノイローゼになって死んだんだろうと口々に云っている。宥はそうは思わなかった。父なし子を生んで育ててみせたように、「姉やん」は死んでみせたのだと思った。

「この子は情なしやに、一番おばあちゃんに可愛がってもろたのに」

泪をみせない宥を、泣きながら母はなじってきた。

宥は泣かないのではなく、泣けなかったのだった。心の一点に醒めた部分があり、醒めた部分は祖母の死を解剖しようとしていた。

死んでみせて、祖母はやっと何もかもから解放された。楽になった。酒飲みの男を先夫に持ち、二人の娘を抱えながらも、情けの人となり、父なし子を生むという波の多い一生を、自分の手で終わりにしたのだと。

祖母には泪はいらない気がしてくる。

「泣いたらあきませんねで。泣いたら仏さんは成仏でけしません。うしろ髪引っぱられて迷いますがな」

母より年上の父の妹が、宥の肩を持って云ってくれている。叔母はときどき、むずかる子どもをあやすように母の肩に手を当てている。

独身で、洋裁で身を立てているこの叔母に宥は学資の面倒をみてもらっている。宥が大学に行きたいと云うと、

「お父ちゃんの代わりに、あてがなんとかしてやるよってな」と云った。

叔母は、宥が一年間休学していたことは知らない。真面目に学校へ行っているものと信じている。お金の無心にいくと、気持ちよく出してくれる。四年間を一年ぐらい

延ばしてもたぶん気づかないだろう。二年延ばすと気づくかもしれない。そのときは、大学院に行くと云えば、大学のことなど何も知らない叔母、なんなく騙せる、とこの間も考えていたところだった。

母は祖母の死を父に報せたのだろうか。ひょっとして、この葬式の場に父が現れるかもしれない。密かに待ったが、結局父は姿を見せなかった。

アパッチ部落に戻ると、大さんは本を読んでいた。専門書のようだ。覗きこむと、

「ここに抗原があって……」

大さんは紙に抗原という字を書き、それを丸で囲んで、抗原抗体反応の説明をはじめた。机の上の置き時計を見ると、八時を少し過ぎていた。大さんはときどき宥を相手に勉強の復習をする。他人に説明すると、頭に入るらしい。

「ところで、遅かったけど、今日はどこへいっていた。また独りで映画か。置き手紙書いとけよ」

「ごめん。家に帰ってたん。お祖母ちゃんのお葬式やったの。家から学校へ連絡入ってね、もし学校サボってたら、お葬式に出られへんとこやった」

「……」

「実はね。お祖母ちゃん自殺やったの」

「えっ」

「うん、今はやりの高齢者の自殺。観念死よ」

宥はずっしりと重さを増した心のうちは隠して、さもどこにでもあることなのよっ、と強がるふうを装った。

「びっくりしたやろ。俺が出てもよかったら、葬式に出たのに」

「うん。もう終わった」

「お祖母ちゃんってね……」

宥は自分の家の恥部にだけは触れないように「姉やん」のことを話し出した。

「百姓が嫌いで商売が好きな人だったらしい。質屋に嫁にいってね……ところが、その質屋の跡取り、私のお祖父ちゃんに当たる人は、大酒飲みやったの」

左隣の部屋のドアの開く音がした。「お帰り」と女の声が聞こえると同時にドアが閉まった。

「お酒で家を潰したらしいんやわ」

「……」

「そのお祖父さんの顔も、お父ちゃんのお祖父さんの顔もあたし知らんのよ」

廊下に革靴の足音が聞こえてきた。靴の裏が、セメントのたたきに擦れて、じゃり、じゃり、と音を立てている。男の足音のようだ。やがて、奥の方でドアが開き、閉まり、足音は止んだ。

「終戦のどさくさにお母ちゃんのお父さんは大阪に居ったらしい。だから、生死も分からず、行方不明」と云いかけたとき、大さんは宥の膝の前に寝ころんだ。

「耳」と云って、宥に耳掻きを渡した。手には紙を持っている。宥も嫌いではないが、大さんは自分の耳の穴から出たものを見るのが好きだ。遺伝だろうか。大さんの耳の穴から出てくるものはいつも湿っている。

ふーん、と聞き役にまわっていた大さんは、祖母が父なし子を生んだという秘密はしゃべっていないのに、

「あんたは、祖母さんに似たんや」と云った。そう云われてみると、今まで考えたこともなかったが、自分には祖母に似た部分があるような気がしてきた。宥は耳掃除の手を止め、怪訝そうな顔をした。

それから、どこやら一点だけを見つめるような眼をした。

今日、母は泣くことで一杯だったのか。久しぶりに田舎の人たちに会って、慰められて、娘時分にでも戻ってしまったのか。宥の身体の変化に気づかなかった。叔母にも妹にも気づかれなかった。やっぱり、堕ろそうか。それは何度も考えていることの繰り返しだった。

「もっと奥まで取って欲しい？　危ないからやめとくね」

「う…うん」

「紙、ほるよ。もっと見ときたい？」

「う…うん」

大さんは、もう耳の中のものなどどうでもいいやと、眠そうな返事をする。

宥の身体の中には大さんの子が宿っていた。生もうか、生むまいか迷っている。生まれてくる子どもと共に大さんの家の人になる方法もある、と何度も考えを巡らしてみるのだが、現実味がないのだ。子を生みたくなる衝動が身体の奥から起こってこないのだ。子を生むと、自分というものが無くなってしまいそうな気がする。まだ二十年とちょっと、短い人生だけど色々あった。その色々、自分の背負ってきたものを否定してしまいそうな気もする。

子どもを生んだ経験者からよく聞かされる悪阻もなかった。自分には母性本能が欠落しているのではないか。生みたくない自分を疑った。しかし、乳房だけは、日に日に、母体に変形していく。

夜、寝床に入ってからも、宥は祖母の思い出話を大さんに聞かせ続けた。

「お祖母ちゃんはね、私が子どものころ、三重県の山奥の村でお菓子屋さんをやってたんよ。お菓子だけでなく、なんでも売ってた。味噌も醬油も。報徳病院というのが、向かいにあったから、見舞い用の果物も売ってた。幼稚園のころ、そこへ一年ほど預けられたことがあってね。お祖母ちゃんとこに真っ白なちょんという猫がおってね」

「ちょん」

「うん、ちょん。その猫、一カ月ほど行方不明になることがあってね。ところが、帰ってくると、いっつも、お腹に赤ちゃんが入ってて。お祖母ちゃん、ちょんのこと、このふらけはってよう怒ってたわ」

「ふらけ」

ふふっと笑いながら、

「うん、飼い主のとこから、どこかへふらふら、恋をしに、行ってまう犬や猫のことをふらけっていうんよ。そのちょんの産んだ赤ちゃん猫を箱に入れて、川にほりに行かされたんよ。山奥の川やからものすごく深いんやで。水は緑色やし、人間やったら落ちるまでに気絶してしまう」

「川とは違うかったけど、俺も捨てに行かされた」

「一匹だけ、川からはい上がってきた猫がおってね、怖くて怖くて、一目散に逃げた」

宥は大さんの胸もとをまるで猫のように引っ掻きながら、唇を尖らしてささやいた。

「子どもってさ、足手まといになるし、もうちょっと自由でいたいねん」

上目づかいで大さんの顔を見ると、眼をつむり、黙りこくっていた。その顔はこころなしか青ざめてみえた。

手洗いにでも起きたのだろうか。アパッチ部落の奥の方でドアの開く音がした。

5

慌てて手を拭いた宥は、階段を下りた。医院の受付のような小窓のある管理人室のカウンターに、受話器が横たわっていた。

「すいません」

小窓に声をかけ受話器を握る。

「どうぞ」

母より十歳くらい年上だろうか。管理人のおばさんの声がした。小窓を覗くと、おばさんは正座して新聞に眼を落としていた。老眼鏡だろうか。メガネがずり落ちそうだ。聞き耳を立てているふうにもみえる。

「はい」

「元気か」

やはり大さんだった。

「うん…」

「元気か」

「うん…」

「今日くるか」と大さんは云った。

それっきり黙ってしまった。煙草屋の赤電話でも使っているのだろうか。受話器に車の走り去る音が、うなりのように入ってくる。幾ら待っても何も云おうとしないので、宥は、「昨日ね、パチンコでハイライト五つも稼いだんよ」と云ってみた。

そうかとの相づちも受話器に入ってこない。また車の走り去るうなりが聞こえてきた。

「それからね。四日前やったかしら。前々から疼く虫歯があったやろ」

宥は自分の歯なのに、まるで大さんの歯かなんぞのように、「右の奥から三番のあの奥歯が疼いて眠られへんかったんよ」と云ってみた。

それでも大さんは黙ったままなので、「夢をみてね。大さんが出てきてね」と云いかけそうになったが、止めた。一度別れた男女が、会ってもいいだろうか。頭のどこかで自問自答しながら、「行くわ」と宥は自分から先に受話器を置いた。


祖母が死んで五カ月ほど経った日の昼過ぎ、アパッチ部落の宥の部屋を誰かがノックした。大さんがくる時間帯ではなかった。ここへは押し売りも、保険の勧誘も来た例しがない。

「どなたですか？」

声をかけると、

「おれや」

聞き慣れない。しかし懐かしい声だ。父だった。子どものときから離れて暮らすようになったが、宥はなぜか、父の声だけは聞き分けられた。急に心は弾んだ。もっと前、中学生の頃には、一年に二、三度子どもたちに会いにくる父の足音までも聞き分けられたものだった。

祖母の葬式のあと、また、もしものことがあってはと、宥はこっそりと、妹にだけここの住所を教えておいた。父はたぶん、妹から宥の居場所を聞いたのだろう。実家近くの郵便局で働く妹が、今では子どもたちと父を結ぶパイプ役だ。

ドアの内側で宥は慌てた。部屋の中を見廻すと、壁には冬物の、大さんのコール天の上着が掛けっ放しになっている。畳の上には直にウイスキーの瓶が三本置いてある。二本は空で、一本には三分の一ほどウイスキーが残っている。流しには三日分ほどの汚れ物が置き放したままだ。

机の上には化粧瓶が三本と、読みかけの本が乱雑に載っている。父を部屋に上げられる有様ではなかった。

「表でまっとるから」

宥の困り抜いた様子を察したか。ドアの向こうに押し殺すような父の声がした。

出ていくと、今では腹も出てきた父は、心持ち俯く姿勢でどぶ川の前に立っていた。

暑い日だった。明日は雨だろうか。どぶ川が臭う。

「えらいとこに住んでるやろ。ここ、アパッチ部落って呼ばれてるんよ」

アパートのことを何か云われそうで、先を越してそう云うと、

「おまえらのやることじゃ、たぶんこんなことやろと思おとるわ」

「おまえら」の「ら」が気に障った。「ら」とは父が捨てた母娘をさしているのだろうか。それとも、大さんと私をさしているのだろうか。どちらにしても、不用意に、そんな云い方をしてはいけないはずだ。そんな権利はない。と思ったが、宥は素知らぬふうを装って、

「お父ちゃん、何か用事？」

「いや、別に用事はないんや。明日から小浜の方へ釣りに行くんで、お前を誘いに来たんや。どうや、行くか」

「釣り」

「海釣りや」

「一週間も」

「……」

「仕事は」

「仕事は休む」

一週間か。

一週間ほど大さんを待つ暮らしから逃れてみたい誘惑を感じた。

「一週間も」

このころ、宥は大さんが今夜は来るのだろうか、それとも来ないのだろうか、とあてもなく待つ暮らしに溺れていた。今の暮らしの中身を父に見せるわけにいかない。たぶん、自分の娘を一目見て、相棒である男とうまくいっているか、いないかぐらいは見破っているだろうが。

三月ほど前から、宥は寝酒に頼って眠る夜が増えていた。寝つきが悪いのだ。大さんの泊まる夜は一層それがきつい。

「お父ちゃん、悪いけど、学校もあるし、一人で行って」

「…そうか」

父はどぶ川に眼を落としたまま、もう一度くぐもった声で「そうか」とつぶやいた。どぶ川の表面には鉄さびの油が浮いて、七色の光沢を放っていた。宥と父は肩を並べてしばらくそれを見つめた。

宥は母より父に似ている。顔も話し方も、笑い方も父そっくりだ。こうして、父と二人でその七色の光沢を放つ紋様を見つめていると、もっともっと父と似ているもののあることを感じた。

それは、父と宥の身体の中に流れている血かもしれない。それは洗っても洗っても洗い落とせないもののように感じられた。

一週間も仕事を休むということは、また職場を変えるのかもしれない。父は戦争に行く前に身につけたコックの仕事で今は身過ぎしている。職場を転々としていた。変わる度に給料が上がるらしい。身のまわりの世話をしてくれる影のような女は今もいるらしい。いつも同じ女なのか、そうでないかは、子どもの立ち入ることではないので、宥は訊ねたことはなかった。父は右肩を少し上げ、まだ何か云いたげに、どぶ川に沿って帰っていった。その夜、散らかった部屋の掃除を終えたころ、大さんがやってきた。七時を少し過ぎていた。一週間ぶりだった。

二人は近くに夕食を食べに出た。

いつも行く、どぶ川を越えたところにある定食屋は飽きたので、あまり行ったことのない反対方面の食べ物屋街へ向かった。

宥は大さんに、父が今日来たことは伏せておいた。大さんは宥の二メートル程先を歩いている。大さんの背丈は宥より五センチ程高いだけだ。一六五ぐらい。体重は宥と同じぐらいで五〇キロを少し超えたぐらいだ。男にしては小柄だ。そのせいか、少し威張った歩き方をする。踵を上げ気味に、一歩一歩伸びをするように歩く。

大さんはまた少し痩せたようだ。今、履いてるズボンは、この間二人でスーパーまで買いにいったものだ。そのズボンの上に糊のとれたテトロンのワイシャツ一枚というのがいけないのだろうか。やけにへらへらとして骨格がすけて見える。いや、やっぱり痩せたみたいだ。そう云えば、こんなふうにして、つくづくと大さんのうしろ姿、背中を見るのははじめてのような気がする。いつもはこうではない。当たり前の背中を、背中として見ているだけで、うしろ姿はうしろ姿以外の何ものでもなかった。なかったはずだ。じゃあ、いつもは見ていなかったのだろうか。それとも、「今夜の大さんは意識的に、私に背中を見せているのやろか。二メートルも先を歩いたりして。なんやしらん、今日アパートへ来たお父ちゃんの帰っていくときの姿と、なんや似てる。男はみんなこんな背中を持っているのやろか」

宥は大さんの中の孤独をはじめてみたようで、自分の迂闊を思った。それは自分の秘密を誰かに見破られたような、うしろ暗い、手遅れのような気分だった。宥は俯いた。

いつも行く商店街と違って、今歩いている道には住宅と商店が混在している。そのせいか、道は明るくなったり、暗くなったりした。右手前方の暗がりに、黄色地に黒字で黒猫と書いた電飾看板が現れた。

店の前面に半間のドアがあるだけのスナックだった。粗末な女の部屋のような店だ。ドアの向こうで女は男を待っている。

店の前を通り過ぎるとき、

「ブラック・キャッツやね」

大さんへ云うともなく、小さく声をかけた。

「いかがわしい名前や」

前を向いたまま、振り返りもせず、大さんはそう云って寄こした。まるで背中がしゃべっているみたいで、言外のことを探りたくなるが、宥は深追いしない。

しばらくして、二人は更科という見栄えのしない店に入った。二人ともざるそばを注文した。二人の他に客はいなかった。店に置いてあるテレビでは、プロレスが放映されていた。大さんは、そばを口元近くまで運んでいっては途中で止めて、

「あれ、あれ、あれ見てみ、あれ使うで」

テレビ画面に向かって興奮気味に云った。

頭にターバンを巻いたプロレスラーが、ターバンの内側に刃物を隠している。組んず解れつの格闘のあと、リングにもたれて、喘ぎながら、隠し持っている刃物に手をやろうとしている。その秘密っぽい素振りは刃物の存在を観客に見破られていないと信じて疑っていないふうだ。ここぞと、ターバンに手をやっているような、刃物に手をやっているような、を繰り返す。勿体ぶっているのか、観客をじらしているのか、なかなか刃物を手に持たない。

「見せ物や、所詮はプロレスなんて見せ物や」

大さんは宥に聞かせているのか、自分に云って聞かせているのか、肩を怒らせたま

ま、テレビ画面に食い入っている。うわの空で、そばを口に入れている。

プロレスラーがその刃物を手に隠し持った瞬間、宥は眼をつむった。それから、薄目を開けてテレビ画面を観た。

ざるそばだけでは物足りなくて、店の玄関に面して備えつけてあるガラスケースからおはぎを取ってきてテーブルへ置いた。

知り合って二年近く経つのに、大さんにプロレス観賞の趣味があるなど知らなかった。そういえば、二人で喫茶店に入ると、大さんはいつも新聞を見る。最初にどこを見るかは知っている。スポーツ欄だ。プロ野球の勝敗結果を指でなぞりながら見ている。ところが、宥はどこのファンなのか聞いたことがなかった。宥はまた、自分の迂闊を思った。今日は妙に自分の知らない大さんを見せられる日だと思った。

「食べる」とおはぎの載った皿を大さんの方へ押しやった。すると、画面を観たままやはり上の空で大さんはおはぎをほおばった。刃物を持っていない相手方のプロレスラーの額から血が流れ、眼に入りそうだ。あの血もやっぱり見せ物で嘘なのだろうかとふと思った。

部屋に戻ると、一瞬、大さんは宥を誘うような眼をした。宥を抱く前に見せる、少し怒ったような真剣な眼だ。しかし、すぐにいつもの眼に戻ったので、コーヒーをいれることにした。薬缶をガスコンロに置いていると、左隣に住む若夫婦の話し声が土壁を通して聞こえてきた。若妻は沖縄出身の眼の大きな、彫りの深い美人だ。夫の顔はまだ見たことはない。

「隣は仲ええな」

「うん、お隣さんは仲がいい」

「俺らとはちがう」

「うん、ちがう」

甲高く笑う若妻の声が、二人の会話に覆い被さってきた。何がそんなに楽しいのだろう。宥はなんとなく大さんの方を振り向いた。宥の方を見ていたのか、二人は眼が合った。

夫の声はぼそぼそと低い。しかし、若妻の声は土壁の仕切りがないほどによく聞こえる。心が白けるほどに聞こえすぎる。彼女の声がもう半オクターブでも低かったら本物らしく感じられるのに。「私だってもう少し本物を演じられるのに」と思う。

宥は流しから押し入れの前まで移動して、うずくまった。畳に直に置いてあるラジオにスイッチを入れた。このラジオは接触が悪い。スイッチを入れただけでは音が鳴らない。ラジオの天板にばんと拳固をくれてやった。すると、音を立てはじめた。

大さんはラジオに拳固をくれる宥の様子にか、拳固一つで鳴り出すラジオにか、少し口を歪めて、口元だけで笑った。宥は見られているのを全身で感じた。大さんにこんなふうに見られていることが好きだ。できることなら、永久に、私が死んで消えてなくなるまで、こんなふうに、小さないたずらをする私を見ていて欲しいと宥は思った。

立ったままで、インスタントコーヒーのキャップを開けていると、部屋の真ん中であぐらをかいた大さんは宥を見上げた。

「この部屋を出るか?」と聞いてきた。

「え?」

「実は、急行の止まる、あんたが学校へ行きやすいとこにアパートを見つけてきた。一応手つけも打ってきた」

大さんを見下ろすと、いつもの顔をしていた。静かな顔だ。それなのに、宥の中には、いやなこと、やがてはっきりすること、捨てられるんではないか、ということを想像しているような、いないような気分が湧き起こってきた。それは、おずおずと、この半年間持ちあぐねてきた不安のようなものだった。

「えらい手回しが、ええんやね」

臆病に無表情を装い、やっとそれだけをかみ殺すように云うと、

「学校、あんまりサボるなよ」

大さんは恋人ではなく兄貴みたいにからっと云った。

急に瞼が痒くなってきた。二重瞼の皺が勝手に動きだして、重くなってきた。宥はまたはじまったかと、瞼を人さし指の背でぐるぐると押さえて、それから爪先で引っ掻いた。瞼が赤く腫れてくるのがわかる。近ごろ、宥の瞼はよくこんなふうになる。瞼は心かもしれない。不安や不満を抱き出すと、まだはっきりと心の中に不安や不満を形として組み立てていないのに、瞼に掻痒感が蛆虫みたいに走り出す。

先に右の瞼が痒くなり、続いて左へと伝っていく。机の上の手鏡を取って覗く。案の定、瞼の皮膚は赤らんで、おまけに左右の眼は不均衡になっていた。右の瞼の端の方がもう垂れ下がっている。不均衡は醜い。嫌いだ。皮膚の下のものが露出されているようだ。だんだんと剝がされて、醜さだけが残っていくのだろうか。

大さんは鏡を覗く宥を見ている。心配そうに見ている。見てくれている。こんな形で甘えている自分が、皮膚の一皮下のところで甘えている自分が惨めだ。汚くなっていくだけだ。

それほど多くない所帯道具だから、明日にでも引越しはできる。

「そやね、引越しするわ」

腫れた瞼を爪で引っ掻きながら、宥は応えた。

「あんまり掻くな！」

大さんは宥をたしなめた。

コーヒーを飲んだあと、大さんはちょっと困った顔をつくって、「今日は帰る」と云った。戸を開けると、部屋の入り口、一メートル四方の板間に裏返して置いていた靴を俯いて廊下に揃えた。それから、板間へ座って靴の紐を結びはじめた。こんなふうに見送るとき世間の女たちは、どんなふうに間を持たすのだろうと考えながら、また大さんの痩せた背中を見つめた。部屋の中ではラジオの音が、さっきより高く響いている。若妻の声はどうなったのだろう。聞こえてこない。

6

「すいません、ありがとうございました」

小窓から、管理人のおばさんに声をかけて宥は部屋に戻った。推理小説の続きを読もうとベッドに横になったが、最後を読んでしまったせいか、それとも大さんから電話があったせいか、集中できない。大さんと暮らしたころの断片が字面を覆うように邪魔してくる。

独りで生きようと決めたのに、独りで生きはじめたのに、大さんからの電話ぐらいで、気が散ってどうするの、と自分を叱る。本に集中しようとするのだが、やっぱり駄目で宥は屋上に行った。洗濯物を取り入れてたたみはじめた。何を期待しているのか、指先が震えてくる。置き時計を見ると、二時半。赤い秒針がちきちきと音を立てている。期待なんてするな。この部屋に越してきた日のことを思い出していた。

引越し話が出て三日後だったか。たいして大きな車でなくともいいのに、大さんは引越し用に大きな車を調達してきた。宥の右瞼は眼の存在を隠してしまうほどに腫れ上がってしまった。お岩さんのような顔を人前に晒すのも恥ずかしいので、大きな黒めがねをかけた。めがねをかけていると反射神経が鈍る。どうも身体が活発に動かない。引越しの当事者は宥なのに、まるで他人事のようにしか動けない。ぼぉーとしていると、荷物は瞬く間に車の荷台に運ばれてしまった。道具類のなくなった部屋の中で、突っ立ったまま柱に打たれた釘を数えた。あれはカレンダーを、あれは元からあった釘、となぞっていると、

「すんまへんなあー。鈍なこって」

「いや、いいんやで、形のあるもんは壊れるものです。気にせんといて下さい」

大さんと運送屋が話しながら宥を呼びにきた。

何か壊れたのだろうか。

何が壊れたのだろう。壊れるようなものはないはずだが、と大さんの方を向くと、「はよ、行こう」と急かせるだけだった。黒めがねのせいで、宥の問いかけに気づかない。

「もう積み残しはおまへんなあ」

念を押すと、運送屋は入り口の方へと歩いていった。そのすきに大さんは耳打ちしてきた。

「机の上に載せるあのガラス板割れてしもたんや」

「ええ、あれ」

アパッチ部落に暮らすようになってすぐのころ、生まれながら、男のような女が主人公になっている小説を読んだ。古本屋で買った古ぼけた訳本だった。女しか愛せない女の物語で、結末は愛した女を男から奪い戻すために、愛人である女を殺すという悲惨なものだった。そこに中世風の大きな黒い机が出てきた。主人公はその大きな机に向かって、男のような大きな手を忌み嫌いながら、その手で出生から女を殺すまでを書き綴っていた。宥はその机に行き止まりの運命、断絶を感じた。わけもなく黒っぽい猫足の机が欲しくなった。四畳半の傾いた部屋には不釣り合いだが、無理して、机を購入した。

机には、五ミリほどの分厚いガラス板が、付属品としてついていた。

ふと、いまごろ、いや今日、何故割れたのかしらん、と心をよぎったが、なんとなくある壊れ物への諦めのせいか、「割れちゃったか」と鷹揚に茶化した。

運送屋は、車を運転しはじめてもまだしきりに、大さんに「すんまへん」と繰り返した。黒めがねの隙間から運送屋を見た。彼は陽に焼けて赤い顔をしていた。その小さな丸い眼は実直そうにうるんでいた。

「気にせんといてや。ええんですよ。形のあるものは壊れるもんですから」

大さんは、左に座っている宥の黒めがねの奥を窺うように覗いている。

二人のやりとりを耳に、宥は住み慣れた景色を眺めた。心の中で眺めていた。景色は逃げていく。ずんずんと逃げていく。この辻を左に折れると大さんの家に行ける。何度大さんの家に行ったろうか。手乗り文鳥がいた。いつもお母さんの不在を狙って行ったものだ。はじめて行ったのは、大さんだけを残して、お母さんが法事で田舎に帰ったときだ。わざと家の灯りを全部消し、夜店で買ったばかりの走馬灯に火をいれて、それから二人は抱き合ったんだ。大さんの口からは、男の息が次から次へと出てきて、その青い匂いが少し不思議で、まだなじめなくて、眼をつむって走馬灯の廻るのを瞼に感じていた。ひょっとすると、大さんはあのとき、走馬灯に火を入れて、子どものころに亡くなったお父さんに赦しを請うていたのかもしれない。

そうだった。

この広い道路を左に折れて、駅前の道をしばらく行くと、左手にボウリング場がある。ボウリング場へはよく行った。宥の部屋の右隣は不動産屋で、管理人を兼ねたおやじさんが店番をしていた。おやじさんから、男物の大きな自転車を拝借しては、料金の安い早朝ボウルに通った。プロボウラーにでもなろうかと野心はあったが、九ポンド以上のボウルは重たくてとうとう最後まで持てなかった。大さんは、不動産屋のおやじさんにときどき、患者になってもらい、聴診器を当てる練習をさせてもらっていたが、三月前にぽっくり亡くなってしまった。みんな皆逃げていく。もう二度とこの町に足を踏み入れることもないのだろうか。

車は知らない道路を走りはじめている。

「すんまへん」

「いや、ええんですよ、形のあるものは壊れるもんですから」

二人はまだ壊れるもんですからを繰り返している。

宥はアパッチ部落の四畳半に何か忘れ物してきたような気がしてきた。何だったかを思い出そうとするのだが、思い出せない。忘れ物をしたという落ち着きのなさだけが、ちまちまと心に障ってくる。

新しいアパートに着いた。

玄関を入ると、すぐ左が管理人室になっていた。廊下は板張りで、右手に二階への階段がある。今度のアパートは靴と草履を履き替えないといけない。玄関で出入りをいちいちチェックされるシステムになっている。アパッチ部落に比べると小ぎれいだ。独身者が多そうな気がした。

「男はんかと思てました」

黒めがねをかけた宥を見るなり管理人のおばさんは「ふふっふ」と奇妙な笑い方をした。宥の名前は、男の子の誕生を夢見て、男女どちらにでも通用できるようにと、父が彼女の生まれる前に名づけたものだ。宥は男みたいな自分の名前が嫌いだ。名前のせいで可愛い女になりそこなっている、とときどき思うことがあるからだ。

荷物運びは大さんと運送屋に任せた。

二人を玄関に残して、二階の部屋に案内されていった。部屋に入ると、管理人のおばさんは慌てて裏窓を開けた。すると、部屋の中に籠もっていた残暑の焦げたような臭いはさあっと拡散していった。窓を覗くと、裏は道路になっていた。この辺りは住宅街のようだ。むかい側には門構えのあまり大きすぎない家が並んでいた。

荷物を運び終えると、運送屋は「鈍なこって」と謝り、帰っていった。

天井に蛍光灯を取り付けたあと、大さんは煙草を吸い出した。一緒に煙草を吸っているると、

「めし喰いにいこ」と誘った。

宥はあまり空腹を感じていなかった。

二人はうどん屋に入った。少し陰気な感じの、奥に深い店だった。客はいなくて、店員らしき女二人が、入ってすぐの卓に腰掛けていた。二人はむだ話でもしていたようだ。どうやら、中途半端な時間帯に来てしまったらしい。

「鍋焼きうどん、宥は？」

「うーん、きつね」

湯呑みの茶はぬるくて、赤くてうまくなかった。喉にからんで咳が出そうになった。これでは食欲に弾みがつかない。ふと、今日は朝起きてから何を食べたのだったか？思い出そうとした。思い出せない。忘れている。このごろ、よくこんなふうに忘れる。さっき何かを考えていたなっ、と思い出そうとすると、もう忘れていたりする。その

くせ、残像のような記憶の片割れがもどかしく、心や頭の隅にもやっている。何かを引きずっているみたいで重たい。ズルズル学校をサボっているからかもしれない。一日が二十四時間で区切られず、短くなったり、長くなったりして重なってしまっているからかもしれない。

「せっかく急行の止まるとこへ来たんや。学校あまりさぼるなよ。卒業だけはせいよ」

学生運動をやったことなど忘れてしまったのか、教師みたいだ。しばらくして、大さんはズボンの右ポケットをさぐって十センチほどの包みを取り出した。そうだ、今朝は喫茶店でモーニングサービスの食パンを一切れ食べたのだった。

その細長い包みを大さんが宥に手渡そうとしてると、注文を取りにきた女でないもう一人の店員がきつねうどんを運んできた。

「何？」

「開けてみ」

わら半紙に包んであった。大さんが包装したのだろう。かんざしが出てきた。金製で玉飾りのところに銀の象眼が施されている。象眼部分には黒い錆びが浮いている。

花でも彫って銀を嵌めてあるようだ。かなり古いものだ。

宥は手の平に載せたかんざしを見つめながら、無意識にあいている右手を髪の毛に持っていった。

「祖母さんが使てたもんや」

宥の右手は髪ではなく汗ばんだあとの冷たい首筋の肌を触っていた。

「くれるん」

それには応えず、

「ひょっとすると、ある女《ひと》と婚約するかもしれんのや」

眼を伏せたまま云い出した。宥は手の平に載ってるかんざしに眼を落としたまま、「えっ」と出かかった声を呑みこんだ。でもかんざしを見ていなかった。何も見えなかった。

「このままずるずるいくと、二人とも手遅れになる。あんたも年を取る……」

そうや、そんなことを聞かされそうな予感があって、肩まであった髪を切ったのだった。捨てられてから切るのはもっと惨めになるから、切ったんだ。婚約なんて、今日ではなく明日、そう明日聞きたかった。妹のような気持ちで祝福したいけど、今はだめだ。今はちょっと無理だ。声が出てこない。

瞼がまた痒くなってきた。卓に置いてある黒めがねを手に取ると掛けた。眼を隠した。大さんに届くように大きく息を吸って吐いていると、さっききつねうどんを運んできた女が鍋焼きうどんを大さんの前に置いた。

新しい部屋に独りで戻った宥は、黒めがねを外して、段ボール箱が所狭しと散乱している部屋を眺めた。小さな食器棚と冷蔵庫と黒い机だけは、なんとか居場所を獲得したようだ。

揃いで使った食器類の大さんの分はこのまま新聞紙に包んで直して置こうかと思ったが、いちいち、これは大さんの分と横に避けるのも面倒だし、度に大さん大さんと名前を頭によぎらせるのも未練。未練だ。紅茶茶碗も、丼も丸皿も今まで通り使うことにして、新聞紙から解いては流しへ運んだ。

「捨てられるまでは、絶対逃げんとこ、思てて、今日は思い切り、捨てられたわけよ。もう恋はできひんかもしれへん」

中年女のように、はすっぱに心の中で何度もつぶやきながら、片づけを続けた。手の平にも手の甲にも、新聞紙のインクがついた。食器用の洗剤で洗っても取れないので、固形の浴用石けんを風呂道具から取りだした。銭湯行きの洗面器も石けん箱も二つずつあった。とっさに、宥は大さんの使っていた若草色の石けん箱を流し用に使うことに決めた。

「そうしよう」

半年近く使われていなかった大さん用の石けんには亀裂が入ってそりができていた。そのそりが欠け落ちないようにやさしく、撫でるように両手で泡を立てた。

ついつい立ち止まるせいか、なかなか片づけは捗らない。荷物が散乱して、足の踏み場もない部屋の一畳ほどの空間に宥は寝転がった。窓から風が入ってきた。秋が近いのか。半袖の二の腕に当たる風が、涼しくて、静かだ。海老のように心臓を下にして縮こまった。いつの間にか夢を見ていた。

「その瞼の腫れはあくまで精神的なものですが、もちろんアイシャドウなど絶対にいけません。緑色のアイシャドウなんて、眼に緑が侵入します。小川さん、そしてね、掻いたりすると眼球にまで痒みが広がり、やがて視力を低下させ、失明の可能性もありますよ。掻いてはいけません」

白衣を着た医者は暗室の中で教え諭すように云った。静かな物云いだ。宥はくっと笑っている。なんとなく夢だとわかっていて、失明すると云われても怖くもなんともない。眼に緑が侵入するって、どういうことだろう。もっともっと何か云って欲しくて、医者の顔を見る。隣の控え室では、次の患者が待っている気配がする。暗室の中に浮かび上がる医者の顔を見ていると、この人はどこかで会ったことがあるように思えてきた。しかしどこなのか、思い出せない。

「どこかでお会いしましたね」

訊こうとするのだが、声が出てこない。控え室で待っている次の患者がしわぶきを一つした。そこで眼が覚めた。

部屋の中は、仄暗かった。

裏窓を覗いた。裏の家からは朱い灯がもれている。どこかで秋の虫が鳴きはじめた。ふと、宥は我に返った。蛍光灯の紐を引っぱった。部屋の中は急に白っぽく明るくなった。明かりの下にダンボールの箱や、嵩張った新聞紙の重ねたのが浮かび上がってきた。昼過ぎに引越してきたばかりなのに、もう次の引越しができそうな、さびしい、そしてわびしい光景だ。物置みたいだ。

宥は今独りで、はじめての土地にこんなふうにいることが、不思議に思えてならなかった。

そして、こんな不思議は今日がはじめてでないような気もしてくるのだった。

窓を閉めると、押し入れから枕と薄い掛布を引っぱりだした。さっき、うたた寝した同じ場所に、もう一度海老のように縮こまった。

掛布を頭まで引き上げながら、

「片づけは明日でいい」「それから、明日、安物でいいからシングルのベッドを買おう」と呟いた。

灯りは点けたまま眠った。

7

屋上から取り入れたばかりのときにはまだほの温かった洗濯物がもう湿気ている。

時計を見ると、二時五十分。

「何を着ていこ、大さんがまだ見たことのない服やないと」

そんなことを考えながらハンカチーフにアイロンを掛けはじめた。時計を見ると、三時十分。たたみ終えた洗濯物を箪笥に直した宥は、置き時計に眼をやりながら、裏窓を開けた。

向かいの家から伸びてきている桜の枝を見下ろす。

一時間ほどをとりとめもなく過ごした宥は襟元に黄土色のステッチの入った黒いワンピースを着た。ステッチを意識して黄土色の革鞄を提げ、片手にパンプスを持って玄関に下りていくと、管理人のおばさんが部屋から出てくるところだった。いつもより正装しているせいか、おばさんはにやっと笑った。

宥も少し含み笑いで、

「ちょっと出てきます」とあいさつした。腕時計を見ると、四時五分だった。

銭湯の前まで来ると、太ったおばあさんが、のれんをくぐって出てきた。一番湯をたっぷりと堪能したのか、桜色の肌をしている。宥も毎晩ここの銭湯を使う。

銭湯の前の桜もちらほら散りはじめている。宥は枝を拡げた桜の下をくぐった。気のせいだろうか。花の下は少し温かい。商店街のアーケードを抜けると駅に着く。

大さんは今も大阪市内のマンションに住んでいる。学生運動をやったために大学に残れず、その上、勉強のできそうな大きな病院にも就職口が見つからず、一年ほど前からマンションの並びにある小児科医院でアルバイトをするようになった。マンションの一室は、その医院が用意してくれた。今の仕事場はあくまで仮のつもりか、部屋に電話も取りつけていない。

アパッチ部落の隣町へ、母親の元へたまに帰っているのだろうか。写真でしか知らないが、長男である大さんを医者にするためにだけ生きてきたお母さんのようだった。

扉の取っ手を捻った。まだ帰っていないのか、鍵がかかっていた。夕の代診でもしているのだろうか。引越しのとき返しそびれたままだった鍵を使った。

扉を開けると、すぐの板敷きの台所に、洗濯物が干してあった。ジグザグに伝わせた紐には見慣れた下着が行列していた。この洗濯をしたのは、婚約者だろうか。それともお母さんだろうか。別れて半年以上も経つのに、ふと、詮索したい気分に襲われた。洗濯物の下をくぐって、座敷に入る。案外片づいていた。それでまた、女の影を感じた。窓のカーテンを見ると、宥が作って吊った紺色地の格子のカーテンのままだった。婚約者はやはり宥の知ってる女ではないかと勘ぐった。それで外せないのだ。

そんな気のまわし様に自分で自分が情けなくなった。宥はうっちゃるように座敷に大の字に寝ころんだ。鞄に手を伸ばし、読めないのはわかっているのに、推理小説本を取り出した。

時々、キュッーと車の急停車する音が三階のこの部屋まで響いてくる。

少しうとうとしていたのか。ガチャッと扉の開く音でとび起きた。慌てて姿勢を正した。ちょこんと正座した。

別れた男にいぎたない姿を見せるわけにいかないと身構えたのだが。

「めし喰いにいこ」

いらっしゃいとも、いつ着いたとも聞かず、半年前と同じ調子で玄関から宥を呼んでいる。

食事が終わって部屋に戻ると、

「泊まっていけや」と云いながら、大さんは布団を延べだした。二つ並べて敷くのを宥は黙って眺めた。敷き終わると、大さんはその一組を台所と並んである、日ごろは使っていない部屋へと、ずるずると引きずっていった。宥はそういうことかと思いながら、少しの落胆と、少しの安堵に自分の顔が醜く歪みそうになるのを感じた。必死に普通の顔に繕うとしたが、大さんに見破られそうで、落ち着きなくきょときょとしてみた。

マンションの隣には銭湯がある。大さんが云うには、このマンションの持ち主は銭湯の経営者で、風呂客が減っては困るので、わざと部屋に風呂を設置しなかったそうだ。二人は隣の銭湯に行った。

湯から上がって、番台の柱にかかっている年代物の柱時計を見ると、まだ九時だった。今ならまだ自分の部屋に帰れると思った。

外に出ると、大さんはもう上がっていた。考え事でもしているのか。俯いて、ガードレールに両手をついて腰掛けていた。

その姿を見て、銭湯の前で宥が待ったり、大さんが待ったりした暮らしが、遠い、本当に遠い昔の出来事だったように思えてきた。大さんは今日宥に何を求めて呼んだのだろう。自分は何を血迷って来てしまったのだろう。結局、向こうの部屋に引きずっていった布団は放ったままになった。

半年も離れたままだったから、ぎこちなくなるのではないか、と不安だったが、固くなっている間はほんのひとときで、気づいたときには泣いていた。なぜ泣いているのか、泣けてくるのかは、はっきりとわからなかった。

大さんは、宥の泪を指でなぞった。

「あんたはまだまだ子どもや」

的はずれなことを云って、泪を唇で吸った。宥はもう泣いていなかった。じっと息を殺しながら、やっと手に入れた独りぼっちの怖さと、独りぼっちの開放感と、ひとりぼっちの不安と、いま抱いている大さんへの未練と甘い夢とを秤にかけていた。どちらも前途は多難だ。

「わたし帰る」

帰り支度をしながら、鞄から鍵を取り出した。この部屋の鍵を返した。

まごつくような顔で、鍵を受け取った大さんは、気弱く聞いてきた。

「また来る？」

宥は、否とも諾とも取れる曖昧な眼をして、大さんをじっと見つめた。

終電車に間に合った。

宥はシートにぐったりと凭れた。しばらく行くと、ぱたぱたと異様な音が聞こえてきた。首を持ち上げると、横なぐりの雨だった。雨は矢のように窓ガラスに突き刺っては砕けて雨だれに変わっていった。車窓に宥の顔が映っている。伝う雨水に顔が醜くデフォルメされて、やがて流れていった。自分が顔を歪めて泣いているのではないかと錯覚しながら車窓を見つめ続けた。

通り雨だったのか。

電車を下りると雨は止んでいた。道は濡れているのに、夜空を見上げると、遠い空に小さな星まで出ていた。

アーケードを抜けて歩いていくと、前方が仄かに明るい。

何なのだろう。

宥はずんずんとそこまで寄っていった。明るさの原因は桜の花びらだった。地べたに花が敷き詰められていた。さっきの雨に花は散ったようだ。人通りはなく、すでに、銭湯のシャッターは下りていた。軒の小さな外灯がぼおっと明るんでいる。

足元の桜の花びらはまだ生きていた。べったりとアスファルト道についている。水たまりにひとひら浮いているのもある。幾重にもなって花びらが山になっているのもあった。

宥はその敷き詰められた花の上をパンプスの踵を意識して踏んでいった。花びらは思った以上に肉感的で、血でも滲み出てきそうだ。足の裏は踏んではならないものを踏んだときのような、ヒヤッとした嵩張りに被われたが、踏み進むうちに何も感じなくなっていった。いちばん花びらの重なり合ったところまで来た宥は、ぐぐっと踵を捻った。

そのとき。どこからか、犬が走ってきた。まるでこちらに向かってくるようで、宥はどきりとした。ところが、犬は、宥の一メートルほど先でぴたりと静かに止まった。まるで宥の犬嫌いを知っているかのようだ。

「よし、よし、おまえは賢い」

眼を細めて犬に話しかけた。

「おまえはのらか？」

首を見ると、首輪がついていた。茶色い、不細工な顔の雑種犬だった。

「なんや、飼い犬か。飼い犬やったら、ふらけやないの」

犬に話しかけると尻尾をふった。

「ふらけか」とつぶやくと、犬はまた尻尾をふった。
花びらを踏んだまま、宥は桜の木を見上げた。

初出一覧

声	「VIKING」549号	一九九六年九月
はや歩き	「VIKING」527号	一九九四年十一月
告ぐ	「VIKING」641号	二〇〇四年五月
冬の花火	「VIKING」644号	二〇〇四年八月
こんな別れ	「VIKING」728号	二〇一一年八月
三人並び	「VIKING」574号	一九九八年十月
ふらけ	「VIKING」517号	一九九四年一月

舟生芳美（ふなお・よしみ）
一九四九年三重県伊勢市生まれ。
一九九四年より同人誌VIKING・CLUB同人。
二〇〇四年九月、「くぐってもいいですか」（上・下）にて
第十一回神戸ナビール文学賞受賞。
『くぐってもいいですか』（二〇〇四年、編集工房ノア）
住所　〒五七九―八〇三六
東大阪市鷹殿町二十五―九

ふらけ
二〇一六年六月一日発行
著　者　舟生芳美
発行者　涸沢純平
発行所　株式会社編集工房ノア
〒五三一―〇〇七一
大阪市北区中津三―一七―五
電話〇六（六三七三）三六四一
FAX〇六（六三七三）三六四二
振替〇〇九四〇―七―三〇六四五七
組版　株式会社四国写研
印刷製本　亜細亜印刷株式会社

ISBN978-4-89271-243-2

くぐってもいいですか　舟生芳美

第11回神戸ナビール文学賞　あたしのうち壊れそうなんです。少女の祈りと二十歳の倦怠。天賦の感性と観察で描き出す独特の作品世界。　一九〇〇円

雷の子　島京子

古代の女王の生まれ代わりか、異端の女優の奔放な生と性を描く表題作。独得の人間観察と描写。名篇「母子幻想」「渇不飲盗泉水」収載。　二二〇〇円

正之の老後設計　三田地智

全編を貫いて、すばやく見えてくるのは、知力、行動力を合わせ持った女性たちの颯爽とした姿である。独特の確固とした形（島京子氏評）。　二〇〇〇円

善意通訳　田中ひな子

シューベルト「軍隊行進曲」で少女は兵隊さんを戦場に送る。進駐軍家族のパーティーでピアノを弾き後には善意通訳も。戦後変奏曲。　二〇〇〇円

亜那鳥さん　森榮枝

中央アジア・サマルカンドで家族同士の交歓。スコットランドの古城めぐり、ドイツの東西時代、ソ連崩壊直後のロシア、時の流れを旅する。二〇〇〇円

インディゴの空　島田勢津子

インディゴブルーに秘められた創作の苦悩と祈り。「おとうと」の死の哀切。障害者作業所パティシエへの私の想い。心の情景を重ねる七編。二〇〇〇円

表示は本体価格

わが敗走　杉山平一

〔ノア叢書14〕盛時は三千人いた父と共に経営する工場の経営が傾く。給料遅配、手形不渡り、電車賃にも事欠く、経営者の孤独な闘いの姿。一八四五円

天野さんの傘　山田稔

生島遼一、伊吹武彦、天野忠、富士正晴、松尾尊兊、師と友、忘れ得ぬ人々、想い出の数々、ひとり残された私が、記憶の底を掘返している。二〇〇〇円

碧眼の人　富士正晴

未刊行小説集。ざらざらしたもの、ごつごつしたもの、事実調べ、雑談形式といった、独自の融通無碍の境地から生まれた作品群。九篇。二四二七円

神戸　東秀三

神戸に生まれ育った著者が、灘五郷から明石まで、神戸を歩く。街と人、歴史風景、さまざまな著者の思いが交錯する。神戸っ子の神戸紀行。一八二五円

臘梅の記　林ヒロシ

大槻鉄男先生のこと　先生といると高められ安らいだ。仏文学者・詩人・大槻鉄男とのかけがえのない師弟愛。とりまく友情の時間を呼びもどす。二〇〇〇円

残影の記　三輪正道

福井、富山、湖国、京都、大阪、神戸、すまじき思いの宮仕えの転地を、文学と酒を友とし過ぎた日々。人と情景が明滅する酔夢行文学第四集。二〇〇〇円